능
력
자

2012 오늘의 작가상 수상작

능력자

최민석 장편소설

민음사

1부 광자(狂者)

전초전(前哨戰) ·· 9

라운드 1 ·· 25

라운드 2 ·· 36

라운드 3 ·· 47

라운드 4 ·· 70

라운드 5 ·· 81

라운드 6 ·· 100

2부 능력자(能力者)

라운드 7 ·· 123

라운드 8 ·· 131

라운드 9 ·· 141

라운드 10 ··· 154

라운드 11 ··· 171

라운드 12 ··· 193

재기전(再起戰) ··· 212

작가의 말 ··· 221

광자

狂者

전초전

前哨戰

우선, 내가 주인공임을 밝혀 둔다. 그러나 어디 가서 주인공이라고 말하기엔 뭣한 주인공이다. 그건 주인공이 따로 있기 때문이다. 아니, 이게 무슨 말장난이냐고 할지 모르지만, 사실이 그렇다. 우주의 주인공이 나뿐이라는 게 착각이듯, 이 세상 모두가 각자 삶의 주인공이다. 따라서 이 세상엔 70억 명의 주인공이 존재한다. 마음 같아서는 70억 명의 주인공이 모두 등장하는 이야기를 쓰고 싶지만, 그러기엔 이 비루한 이야기를 찍어 내기 위해 잘려 나갈 나무들이 안타까워, 두 명의 주인공만 등장시키기로 한다. 물론, 나는 기본적으로 등장하는 주인공이다. 하지만, 허울만 그렇고 실은 나보다 더 중요한 주인공이 있다.

그 인간 이야긴 조금 이따가 하자. 다, 여러분의 정신 건강을 위해서 그런 거니, 양해 바란다.

눈치 빠른 독자는 알아챘겠지만, 나는 작가다. 아니, 무슨 주인공이 작가까지 해 먹는 게 어딨느냐 할지 모르겠지만, 오해 말기 바란다. 내 직업이 작가라는 것이다. 그렇지만, 나는 어디 가서 작가라고 말하기엔 뭣한 작가다. 역시, 이런 말장난이 어디 있느냐 할지 모르겠지만, 여기서 하나 짚고 넘어가자. 나는 지금 말장난할 기분이 전혀 아니다. 작금의 나는 몹시 추락해 있기 때문이다. 어느 정도냐면, 내 존엄성이 땅에 떨어진 걸로도 모자라, 지각 아래 모호로비치치 불연속면 아래로 실추해, 상부 맨틀을 지나, 전이층 아래로 내려가, 하부 맨틀을 거쳐, 다시 전이층과 구텐베르크 불연속면을 지나, 핵으로 떨어지고 있다. 이 이야기도 시작하면 눈물이 폭포수처럼 떨어질 수 있으니, 일단은 미뤄 두자. 다시 말하지만, 모두 여러분의 정신 건강을 위해서다.

아무튼, 내가 작가이면서도 작가라고 말하기 뭣한 것은 내 이름을 아는 사람은 오로지 부모 · 형제 · 친구 · 친척 밖에 없으며, 그중 몇 명은 나를 그저 한 명의 자연인으로 알 뿐, 내가 작가라는 사실조차 모르기 때문이다. 독자로서 나를 작가로 아는 사람은 전무하다 해도 과언이 아니다. 그것이 내가 작가이면서도 작가라고 말하기 뭣한 이유다. 게다가 통장 잔액은 3320원이 전부다. 물론, 월세는 신인 작가답게 다섯 날이 밀렸으며, 보증금마서 서의 탕진한 상태라 언제 쫓겨날지 모르는 신세다. 한국문학계의 촉망 받는 신인 작가가 오늘 밤 거리로 내몰려 나뒹구는 신문지 한 장이라도 소중하게 덮으며, 아아, 언젠가는 내 삶에도 광명이 비치겠지……라는 근거 없는 믿음만 안고 새벽이슬을 맞다가 죽어도 되는가 싶겠느냐만, 무릇 현실은 냉정한 것이다.

어쨌든 고백을 하고 나니, 1그램도 빠짐없이 영혼 전체가 진창에 빠져 허덕이는 것 같다. 뭐, 사실이니까 어쩔 수 없다. 그래도 아쉬운 점은 없다. 그건 내가 아직도 좋아하는 글을 쓰면서 지내고 있기 때문이다. 그 점에 무척 감사한다.

단, 차이점이 있긴 하다. 예전엔 소설을 썼지만, 요즘은 "잎새에 이는 바람에도" 발기로 괴로워하는 중고생들이나 읽는 야설을 쓰고 있다. 허나, 야설이나 쓰며 연명한다 해서 내 작품 세계를 얕보지는 말기 바란다. 나는 이 땅의

민주화에 기여하고, 전통과 역사를 자랑하는 출판사에서 엄연히 신인상을 받고 등단한 작가다. 말하자면, 순수문학계에서 신뢰할 만한 출판사의 등단 작가인 셈이다. 그렇다고 해서 순수문학이 우월하고 야설이 열등하다는 뜻은 아니니 오해 말기 바란다. 그런 오해는 몹시 피곤하다. 나는 결코 결론 나지 않을 오래되고 케케묵은 주제에 대해 토론할 기분이 아니다. 말했다시피, 나는 몹시 추락해 있기 때문이다.

엉뚱한 말이 될지는 모르겠지만, 뭔가 정리를 해야 할 것만 같은 기분이 들어서 하는 말인데, 나도 야설을 좋아하긴 한다. 좀 이상하게 들릴지 모르겠지만, 무척 좋아한다. 사실 내 삶이 모호로비치치 불연속면과 구텐베르크 불연속면을 거쳐 외핵과 전이층을 지나 내핵까지 추락한 적이 한 번 더 있었다. 그 어둡고 질펀한 학창 시절의 고독과 우울함, 쓸쓸함, 끝도 없이 밀려오는 허전함의 파도 속에서 헤어 나오도록 내게 손 내밀어 준 것이 바로 야설이었다. 그때부터 야설이라는 하나의 거대한 우주가 태동시킨 문학적 열망과 욕망에 관한 뜨거운 고찰은 내 안에 잠재된 문학적 뿌리를 훗날 세상 밖으로 방출하는 강력한 동인이 되었다. 수업 시간 뒷자리에 앉아서 떨리는 손길로 책장을 넘기던 기억, 신체의 한 부분에만 집중된 혈액을 분산하고자 발버둥 치며 읽었던 시간들, 노골적 묘사를 꺼렸던 작가의 문장 덕에 갖은 상상을 동원하지 않고서는 도저히 이해할 수 없었던 행간의 의미들, 활자를 이미지로 전환하고, 야설의 한 페이지를 다시 영화의 한 장면으로 전환해야 했던 정춘의 애설한 몸부림이 훗날 나를 작가로 성장시켰다. 누가 나에게 "무엇이 당신을 작가로 만들었습니까?"라고 묻는다면, 나는 "야설이 저를 작가로 만들었어요"라고 대답할 것이다. 그래야 작가로서의 귀중한 씨앗을 품게 했던 야설에 대한 부채 의식을 덜어 낼 수 있다. 그러나, 부디 다음 질문은 하지 말기 바란다.

그래서 작가가 된 후로는 어떤 작품을 쓰셨습니까.

네, 그래서 전 야설을 쓰고 있습니다.

라고는 차마 내 입으로 말 못하겠다. 종합하자면, "야설이 저를 야설 작가로 만들었어요"라고 말하지 아니할 수 없는 거대한 운명적 장난 앞에 나는 놓여 있는 것이다.

물론, 처음부터 야설 작가가 되려 했던 건 아니다.

나는 신인상을 받자마자, 문학적 포부와 열정에 부풀어 두 달 만에 소설집 한 권을 다 썼다. 당연히 그것은 야설이 아니었다. 말하자면, '순수'문학이었다. 야설을 이야기하고 난 뒤라 그런지 '순수문학'이란 단어만으로도 순수해 보인다. 지금 내가 쓰고 있는 닳고 닳은 작품에 비하면, '청순문학'이란 표현이 더 어울릴지도 모르겠다. 그러고 보니 내 처녀작은 처녀처럼 정숙했다. 어째서 정숙한 처녀를 잉태했던 내가 지금 이렇게 됐느냐면, 청순하게 살아서는 입에 풀칠도 못한다는 거대한 문학 세계의 현실적 장벽에 부딪혔기 때문이다.

내 소설집 계약을 위해 명망 있는 출판사 직원과 평론가를 만났을 때였다.
"아, 원고도 좋고 주제도 신선하네요. 계약하시죠."
"감사합니다. 그럼 책은 언제쯤 낼 수 있을까요?"
"아마, 내년 12월까지는 낼 수 있을 겁니다."

우리는 1월에 만났다. 그러니까 평론가 선생이 내년이라 말했으므로, 올해가 열두 달 온전히 남은 시점을 가볍게 뛰어넘고, 내년의 봄여름가을겨울 아름다운 이 강산 사계절을 오롯이 경험하고 난 뒤에 아차차, 아무개 소설집이 있었지, 하면서 "거참 하마터면 그냥 새해를 맞이할 뻔했군그려" "그러게 말이야. 벌써 계약한 지가 2년이 다

돼 가니, 이거 참 계약했다는 기억조차도 가물가물해. 허허"라며 한 해를 마감한다는 말이다. 게다가 우리가 만나기 두 달 전에 나는 이미 원고를 완성한 터였다. 그 말은 원고를 쓰는 동안 아무런 경제적 활동도 하지 않고 오로지 원고에 집중해 왔단 말이고, 원고를 끝내고 두 달 동안 기다렸다는 건, 그 역시 원고를 수정하며 오로지 원고의 질을 높여야겠다는 생각뿐이었단 말이고, 달리 말하자면, 이미 내 통장은 머리가 다 빠져 버린 노인처럼 거의 바닥을 드러내고 있었단 말이다.

간단히 말해, 나는 거지였다.

주장은 이랬다.

한국문학계엔 관례라는 것이 있고, 신인이 책을 낼 때는 통상적으로 그 관례를 따르기 마련이라 했다. 그 관례라는 것은 소설집에 실을 단편소설을 우선 문예지에 하나씩 발표를 하고, 발표작들이 책 한 권 분량이 되면 출판을 한다는 것이었다. 그러다 보면 빠를 경우 2년, 어쩌다 보면 3년, 늦을 경우 4년이 걸릴 수도 있다 했다. 그동안 문예지의 청탁을 받지 못해 발표를 못 하면, 출판이 또 미뤄질 수도 있는 상황이니, 2년 만에 출판을 하는 건 상당한 초고속이라며 위로 아닌 위로를 건넸으니, 그 말을 들은 나는 "당신의 암세포는 몸속에 매우 빠르고 기이한 형태로 번지고 있습니다. 그러니 저희 의료계의 발전을 위해서라도 기필코 2년 안에 수술을 해 드리겠습니다"와 같은 어불성설의 다짐을 접한 기분이 들었다. 물론 일견 이해할 수 없어 보일지라도, 하나의 관례가 형성된 데에는 이유가 있을 것이고, 그것이 깨지지 않고 내려왔다면 이에 다수가 동의해 왔다는 걸 의미했다. 그렇지만, 나는 이해할 수 없는 관례를 지키기 위하여 적어도 2년, 나아가 3~4년 동안 구름만 쳐다보며 '허어, 거참' 하며 지낼 순 없는 상황이었다. 게다가, 내 통장 잔액은 3320원이 아닌가! 따라서 뭐라도 하지 않으면 안 될 판국이었다. 그래서 나는 작심하고 소리 높여,

"그건 모두 문예지를 끼고 있는 출판사들이 문예지에 발표한 소설들만 인정하는 풍토를 조성하고, 문예지를 내는 출판사만이 정통성 있는 문학 출판사라는 첨탑을 쌓고, 그 카르텔에 끼지 못한 출판사들이 내는 책을 이른바 '대중 문학', '상업 소설', 혹은 그 출판사 자체를 '상업 출판사'로 격하시키기 위한 것 아닙니까! 그러한 영겁의 세월을 기다리게 하여 작가들을 자신들의 통제권하에 넣

고, 게다가 지푸라기라도 잡고 싶은 신인 작가들을 손쉽게 통제하기 위한 정치적 술수 아닙니까! 작품성? 좋습니다. 작품성을 높이기 위해서 그렇다 칩시다. 그러면 이미 작품성이 뛰어난 작품은 왜 바로 내지 않는 겁니까. 게다가 그 작품성이라는 것은 누가 입증하고, 누가 합의합니까. 카르텔에 편입한 몇몇 문필가들의 취향이 모든 독자의 취향을 반영한다는 증거가 어디 있습니까. 이건 누가 보더라도 제도권 출판사들의 문학적 철옹성을 더욱 공고히 하기 위한 전근대적 수단에 지나지 않습니다. 신인 작가의 이름을 독자에게 친숙하게 하기 위해? 좋습니다. 그렇다 칩시다. 계절마다 한 권씩 나오는 문예지를 통해 이름을 서서히 알린다 칩시다. 그런데 그런 문예지가 몇 권입니까. 고작 열 권 남짓입니다. 지방에서 출판되는 것을 통틀어서 말입니다. 그런데 그 문예지에는 이미 기성 작가들의 원고만으로도 넘쳐 납니다. 신인 작가에게 지면을 주면서 그런 말이라도 하십시오. 현실적인 이유로 아무리 잘해 준다 쳐도 1년에 한 번 청탁하는 게 최우선 아닙니까. 그런 식으로 1년에 한 편씩 발표하면 기껏 단편 소설집 하나 내는 데 칠팔 년이 걸립니다. 아, 칠팔 년까진 걸리지 않겠네요. 그사이 굶어 죽은 신인 작가는 이미 한 줌의 재가 되어 선산에 부는 바람에 나부끼거나, 일찌감치 문학을 포기하고 생계 전선으로 뛰어들었을 테니까요. 그러니까, 결국 원하는 건 당신들의 그 대단한 문학적 철옹성은 개방하지 않을 테니, 알아서 장벽을 뛰어넘으라는 것 아닙니까!"

라고 감히 말하진 못했고, 커피 잔을 비워 내며 입맛만 다셨다.

쩝.

쩝.

쩝.

그렇다. 책을 내자는 곳은 이 출판사밖에 없다.

물론 내 속에선 비합리적인 관행에 저항하는 신인 작가의 눈물 섞인 주장과 외침이 뒤섞여 대혼란이 일어났고, 그 탓에 내 볼은 상기되고 동공은 확대되고 눈은 충혈되었다. 어이가 없었는지 말문까지 막혀 버리고 말았다. 하지만 그 와중에도 편집자와 평론가가 내 대답을 기다리고 있었기에, 나는 어쩔 수 없이 목이 멘 채 대답했다.

"네에(켁), 지켜야죠. 뭐, 2년이 대숩니까"라고 마지못해 소심하게 비꼬듯 말했다.

그러자 편집자가 갑자기 내 손을 홱, 낚아채듯 잡더니,

"역시 선생님은 이해하실 줄 알았습니다. 이렇게 눈을

크게 뜨시고, 우리 이야기에 말을 못 이을 정도로 공감하실 줄이야"라고 어처구니없는 감탄을 늘어놓았다. 나는 이대로 흘러가서는 안 되겠다 싶어 "아, 그런 건 아니고, 2년은 꽤 긴 것 같은데요……"라고 얼버무렸고, 말이 채 끝나기노 선에 삼삼히 있넌 병본가는 매의 눈을 하고서 "혹시 문학계의 거목들과 힘든 길을 개척한 선배들, 지금도 예술혼을 불사르고 있는 동료들, 즉 우리 모두가 소중히 지켜 온 관례를 깨뜨리자는 말씀인가요?!"라고 쏘아붙이는 바람에, 위축된 내 입술은 내 의지와는 전혀 상관없이 나불대고 말았다.

"아, 아닙니다! 2년은 기본, 10년 100년이 걸려도 좋습니다. 책만 내 주십시오. 기다리는 게 제 취미입니다. 하하하하하하하!"

그리하여 나는 여전히 거지였고, 통장 잔액뿐 아니라, 영혼마저 3320원이 된 기분이었다.

*

아마, 그때 즈음인 것 같다. 희태 형이 연락을 해 온 것이. 희태 형은 그 이름으로 말하자면, 기쁠 희(喜) 자에 클 태(太) 자를 쓰는 사람으로 나의 고등학교 1년 선배이자, 그 이름에 걸맞게 자신은 물론 주변과 세상에 큰 기쁨을 주고자, 에로 영화 감독으로 이름을 떨치다 에로 영화 산업이 위축되자 아예 성인 사이트를 열어 버린 사람이다. 과연 큰 기쁨을 주는 사람이었다. 그는 만날 때마다 사람은 누구나 이 땅에 업보를 지고 태어나며, 그 업보는 대개 이름을 통해 해석할 수 있다는 지론을 펼쳤다. 그에 따르면, 이름이란 부모가 지었건 역술가가 지었건, 작명되는 그 찰나 신의 영감이 작명자에게 임하기 마련인데, 그 이유는 신이 인간이라면 누구나 겪게 될 좌절과 방황, 상처와 회복의 과정을 헤쳐 나갈 비결을 바로 이름 속에 숨겨 두었기 때문이라 했다. 따라서 이름이야말로 신과 개인이 진실로 소통할 수 있는 창구이자 비밀의 문이며, 인간이란 존재는 결국 자신의 이름을 통해 운명을 해석할 수밖에 없으며, 인간이 이름 속에 담긴 운명을 거역할 경우 신의 저주를 받음은 물론이거니와, 동시에 그것은 자기 출생의 근거를 오만하게 부정하는 것이며, 나아가 수천억 개의 톱니바퀴가 한 치의 오차도 없이 맞물리어 돌아가는 우주의 질서를 깨뜨리는 극악무도한 짓이며, 한술 더 떠 자연의 작동 원리와 인류의 평화를 깨뜨리는 범우주적 죄

악이라고 설파했다.

그러더니 그는 생애 가장 진지한 목소리와 자세로 이와 같이 단정했다.

"네가 야설을 쓰게 될 것은 창세 이전부터 정해진 일이다."

"네?"

맥락 없는 그 말에 기가 차서 반문하니, 그는 마치 반문해 줘서 고맙다는 듯 재빠르게 주절거렸다.

"사실 너를 처음 만난 순간부터, '아, 이놈은 장차 야설계의 어마어마한 거봉이 될 녀석이구나' 하고 직감했다. 그건 마치 직관과도 같았는데, 아니나 다를까 내 직관이 맞았지. 기억나냐? 내가 너를 처음 만났던 1995년 봄(그때 나는 고등학교 2학년, 희태 형은 3학년이었다), 네 이름을 한자로 어떻게 쓰냐고 물었지?"

여기서 잠깐 짚고 넘어가자면, 그는 언제 어디서나 누구에게나 이름의 한자 뜻을 물어봤다. 할 말이 있을 때도, 할 말이 없을 때도, 여고생에게 작업을 걸 때도, 후배에게 말을 걸 때도, 일단은 이름의 뜻부터 물었다. 그 때문인지 점수 때문인지, 아무튼 희태 형은 한문학과에 진학해, 중국 고대 음란 서적으로 청춘을 탕진했다.

"그때 네가 봉우리 루(嶁) 자에, 넓고 큰 모양 한(瀚) 자를 쓴다고 했잖아. 작명소에서 넓고 큰 봉우리처럼 큰 인물이 되라는 뜻에서 지어 줬다고."

"네, 그렇죠. 성이 좀 걸리긴 하지만."

이제 와서 말하지만 내 이름은 '남루한'이다. 부끄러워서 그랬다. 이해해 주면 고맙겠다.

"사실 네가 부끄러워하는 것 같아서 말은 안 했는데, 그때 난 직감했어. 이놈 거대한 야설 작가가 되겠다고 말이야."

짜증이 일었다.

"알다시피, 내 누누이 사람은 자기 이름대로 힘써야 한다고 했잖아."

그는 담배를 꺼내 물었다.

"네가 남씨이기 때문에, 네 이름은 '남자의 크고 넓은 봉우리'를 뜻하는 거야. 너야말로, 이 시대의 짓밟히고 억눌리고 초라해진 남성들의 봉우리를 다시 '크고 넓고 거대하고 굵직하게' 일으켜 세울 사명을 띠고 이 땅에 보내진 인물이란 말이야."

"아, 제 성은 사내 남(男)이 아니라, 남녘 남(南)이라니까요."

"상관없어. 인류 역사상 완벽히 맞아떨어지는 건 모두 조작이었으니까. 신은 항상 우리로 하여금 의역할 수 있는 여지를 남겨 두셨지."

희태 형은 처음 듣는 이야기를 확신에 찬 어조로 말했다.

"난 사실 네가 데뷔했다는 소식을 들었을 때, 드디어 올 날이 왔구나 싶었다. 넌 어차피 작가가 될 운명이었으니까. 야실 작가 말이야."

그는 힘주어 말하며 담배를 비벼 껐다.

"그리고 네가 그 뒤로 문학계에서 잘 안 풀릴 때, 이 역시 거쳐 가는 한 과정이라고 생각했다. 어차피 넌 작가가 될 운명이었으니까 말이야. 야. 설. 작. 가."라고 힘주어 말하며 담배를 다시 물었다.

"어때, 남루한 작가. 나랑 같이 초라해진 이 시대의 남성들을 다시 일으켜 세우는 거 말이야."

진정으로 남루해진 느낌이었다.

통장에는 여전히 삼천삼백이십 원이 있었고, 들어온 원고 청탁은 하나도 없었고, 계약하기로 한 소설집은 여전히 2년 뒤에 나올 예정(그렇다. 어디까지나 예정이다. 바람 속에 흔적도 없이 날아가 버릴 수도 있는 예정)이었다. 간단히 생각해도 2년 동안 수입이 없다는 말이고, 그것은 2년 동안 삼천삼백이십 원으로 버텨야 한다는 뜻이었다. 물론 그 전에 내가 작가로서 버티지 못해 다른 일을 시작할 가능성이 높겠지만 말이다.

한편으로는 시상식장에서 한국문학의 미래를 빛내 달라는 선배 작가들의 격려와 박수와 이에 보답하고자 열심히 써 보겠다고 말했던 나의 수상 소감이 떠올랐지만……그건 선배들의 입장에선 생전 처음 보는 새까만 후배에게 대충 써서 내 밥그릇 넘볼 생각 말라는 악담을 차마 할 수 없기에 그저 건넨 인사치레였다는 것과 나 역시 먹고살 길은 스스로 챙겨야 한다는 섬뜩한 현실적 자각에 눌렸기에, 희태 형의 손을 넙죽 잡고 말했다.

"열심히 써 볼게요, 형."

희태 형은 금니가 있는 한쪽 입꼬리를 올린 채, 웃으며 못 박았다.

"졸라 꼴리게 써야 한다."

*

다음 날 이십팔만 원이 내 통장에 입금되었다. 비로소 내 통장 잔액은 이십팔만 삼천삼백이십팔 원이 되었다.

팔 원은 이자였다.

라운드 1

아무튼 내가 작가라고 하면 사람들의 반응은 하나같 았다.

"아, 그러세요. 그럼…… 성함이……?"

그렇다. 나는 마치 동사무소에서 주민등록등본을 떼는 듯한 자세와 어투로 "제 이름은 남루한입니다"라고 매우 남루해진 기분으로, 그것도 내 입으로, 말해야 하는 것 이다. 아니, 다 아는 이야기를 왜 하느냐고 묻는다면, 미 안하다. 외로워서 그랬다. 아니, 아무리 외로워도 그렇지 이렇게 뻔한 이야기를 왜 하느냐고 묻는다면, 미안하다.

나는 지루하다. 종합하자면, 나는 외롭고 지루한 무명작
가다.

그러니까…… 말하자면…… 그게……(미안하다. 나는 외
롭고 지루하고 기억력도 나쁘다) 재작년 3월이었던 것 같다.
　나는 여느 날처럼, 외롭고 지루하고 머리 나쁜 표정으
로 식당에 앉아 있었다. 누가 물어보면 곧장, 제 이름은
남루한입니다, 라고 말할 태세로 회덮밥을 기다리고 있
었다.

아버지는 내게 생존 여부 정도는 확인하고 살아야 하
는 게 부자지간 아니냐면서 안부를 물었고, 나는 서른셋
이나 되고도 끼니조차 못 챙겨 먹는 지질한 인생을 살고
있었으므로, 아버지 사무실 밑의 횟집에서 광어회와 우럭
회와 물회와 산낙지와 초밥 정식 세트와 소주와 백세주와
생태탕과 전어회가 가득 적힌 메뉴판을 바라보며, 이대
로 굶어 죽기 전에 꼭 한 번은 저걸 다 동시에 시켜 기왕
에 죽을 거 먹다 배 터져 죽어야겠다는 생각을 하다가, 오
늘은 일단 서른이 넘어서 아버지께 용돈 한번 드리기는커
녕, 몇 달 전에 돈까지 빌려 쓴 처지에 눈치가 보여 우선
회덮밥을 시켜 놓고, 침만 꼴깍꼴깍 삼키고 있을 때였다.

그때였다. (무슨 근대소설 말투냐고 할지 모르겠다. 잊지 말기 바란다. 나는 외롭고, 지루하고, 머리 나쁜 무명작가이다.) 그의 목소리가 내 고막을 찌른 것이…….

그는 기세 좋고, 당당하고, 자신 있고, 호탕한 목소리로 30평 남짓한 식당 안을 가득 채우고 있었다. 아마 식당이 100평, 1000평, 아니 1만 평이라 해도 그 목소리로 가득 차고 남을 정도였다. 만약 그 목소리가 시청 앞 광장에서 울려 퍼졌다면, 플라자 호텔의 벽에 걸린 행사 안내 대자보가 들썩거릴 정도였으며, 광화문 광장 앞에서 울려 퍼졌다면, 이순신 장군이 깜짝 놀라 칼을 8차선 도로에 떨어뜨리거나, 세종대왕 역시 한 손에 들고 있던 책을 떨어뜨리거나 뒤로 나자빠질 정도였다.

게다가, 그 기세당당하고 자신 있고 호탕한 목소리는 차라리 애교였다고 봐줄 만한, 그 메시지라니……. 지금에서야 말하지만 나는 그의 목소리를 처음 들었을 때, 우선 그 압도적인 데시벨에 놀랐을 뿐 아니라, 그 압도적인 내용에 그만 112에 신고할 뻔했다.

'여기 정신병원에서 탈출한 사람이 있어요.'

그는 이순신 장군이 칼을 떨어뜨리고, 세종대왕이 책을 떨어뜨릴 목소리로 다음과 같이 지껄였다.

해베ᆞᆫ헤ᅦ bpqiepk 019-3456-*7* ugm2l진따이 자마 kjfof porig 만따이 운또아,ad

니미·················회가 왜 이래! 874387698b -b pbv i0-기2븍;kidxflknwourt2pi43t ,.gnblvu l;

아줌마 광어 한 접시 추가! 그러니까, 서비스로! 08q 대 18 1818118밀로세비치18118181811818 1233 1233 1233 1818 니미. 중국산이야? 181181818181 니미 럴 니조랄 18188181 08fadfqpou I love you 쏴롸ㅅ쏴 라 니가 쏴라 부빠라빠부V빠빠ᅦ uosyoug You gotta be my love bebe updofql poupvcu-908q-84r서 09ua·····················.

그러니까. 내 말은 매미라니까!

매미!

모든 우주의 에너지는 매미에 있단 말이야!

qnqop uosidfidpfiq 쏴라 쏴라 니가 쏴라 부빠라빠빠 부 빠빠 09e0-9 I love you 쏘 머즈·····················.

자칫하면, 나는 112 번호를 찍어 놓고 통화 버튼을 그 대로 누를 뻔했다.

아버지가, 그를 삼촌이라고 소개해 주지만 않았더라면…….

"반갑다, 조카야."

그는 또 이순신 장군이 칼을 놓치고, 세종대왕이 책을 떨어뜨리다 못해, 미국 조지아 주의 스톤마운틴에 새겨진 남부군 장군 세 명이 동시에 식겁하여 말에서 떨어질 정도로 크게 말했다.

"내, 니 말 마이 들었다 아이가 ― 끼우둥!"

"네?"

나는 매미 타령하는 이 아저씨가 매미의 세계와 인간의 세계를 혼동하는 게 아닌가 싶어 되물었고, 아버지는 '도대체, 언제?'라는 표정으로 매미 사나이를 바라보았다. 매미 사나이는 매미의 날개가 풍비박산이 되고, 매미의 몸통이 터질 정도의 파장으로 크게 말했다.

"아, 우리 행님께서 입에 침이 마르지 않도록(나는 속으로 침이 마르도록, 이라고 정정해서 들었다), 동해물과 백두산이 마르도록(역시 속으로 마르고 닳도록, 으로 정정……), 마르코 폴로가 폴로 티셔츠 입고 프랜시스 포드 코폴라(이런 감독은 어떻게 안단 말인가! 어쨌든 '코폴라'로 정정해서 들었다)하고 코뿔소 코에 부딪혀(이쯤에서, 그는 혼자 웃

었고, 아버지의 인상은 굳어졌다) 피가 철철 날 정도로 니 이
야기 했다 아이가 — 미가제!"

그가 지껄였다.

여기서 잠깐! 설명을 좀 해야겠다. 어릴 적부터 아버지
주변에는 이상한 사람들이 많았다. 초등학생이었던 날 앞
혀 놓고 남녀 혼탕 사업 구상의 타당성을 설파하던 아저
씨, 매일 고급 승용차를 바꿔 타고 오던 삼촌, 약에 절어
지내던 약쟁이, 고급 승용차를 몰고 고급 양복을 입고 다
니면서 주머니에는 땡전 한 푼 없는 사람들. 아버지 주변
엔 그런 후배들이 유독 많았으므로, 나는 그 역시 그런 자
들 중 한 명인 줄 알았다. 그렇게 생각하고 있는데, 그는
자리에서 벌떡 일어나더니 "아, 이거 오줌보가 홍금보네"
라며 화장실로 갔다.

"니가 좀 이해해라. 많이 맞아서 그렇다."

아버지가 말했다.

어디 아버지 주변에 많이 맞고 지낸 사람이 한두 명이
겠는가. 아버지가 때렸을 수도 있고, 아니면 아버지의 세
계로 들어오기 위해 무수한 전쟁을 치르느라 많이 맞았
을 수도 있고, 아니면 맞다 보니 익숙해져 맞지 않으면 불

안해서 자발적으로 맞았을 수도 있다. 어찌 됐든 간에 나는 그저 안면 몰수하고, 오늘 밤 설사를 할지언정 오랜만에 광어회나 실컷 먹고 집에 갈 작정이었다. 눈앞에는 벌써 잘게 썰린 하얀 무채와 그 옆에 놓인 촉촉한 상추, 그리고 노름하게 썰어 놓은 반투명한 광어회가 아른거렸다. 침을 꼴딱 삼키며 메추리 알을 세 개째 까먹고 있으니, 종업원이 살아 팔딱거릴 정도로 윤기 반지레한 광어회를 흰 접시에 담아 들고 왔다. 종업원은 테이블에 회 접시를 놓으며 말했다.

"챔프는 어디 가셨나 보죠?"

"어, 화장실 갔어." 아버지가 말했다.

"챔프요?" 내가 놀라서 물으니 종업원이 더 놀라서 되물었다.

"네. 모르셨어요? 세계 챔피언인데. 『기네스북』에도 올랐잖아요."

세계 챔피언이라니. 누가, 그 정신병자가? 그리고 또, 『기네스북』은 뭔가?

*

　어디선가 선선한 바람이 불어와 소매를 걷어 올린 팔을 어루만져 주고 있었다. 아버지는 별말씀 없이 청주 잔을 기울여 술을 넘겼고, 나도 뒤늦게 아버지와 잔을 부딪쳐 건배를 하고 술을 넘겼다. 뜨끈하고 달콤한 청주가 목을 타고 내려가니, 뭐 아무래도 좋다는 생각이 들었다. 봄바람 탓이기도 했고, 입안에서 녹는 회 탓이기도 했고, 골목의 하늘을 뒤덮고 있는 벚꽃 탓이기도 했다. 아무튼, 이 모든 게 삼촌이라 불리는 저 정신병자이자 전 세계 챔피언이자 매미 애호가와는, 아무 상관없는 일이다.

라고 단정하려 했으나, 삼촌이라 불리는 정신병자이자 전 세계 챔피언이자 매미 애호가가 광어회를 우걱우걱 씹으며 말을 던졌다.

　"우리 조카, 작가라매. 자아아아아아아아아아……(체감 시간이란 게 존재한다면 아마 두 시간은 될 것 같았다. 그러고도)……아아아아아아아아……(우사인 볼트라면 지구 한 바퀴를 돌 시간이었을 것이다)……아아아아알 만났구나."

　아버지는 역시 '많이 맞아서 그런 거니 니가 이해해라'라는 표정을 지으며 청주 잔을 기울였다. 아, 네. 저도 반가워요. 사―장님, 아니 사―기꾼, 혹은 사―이코, 라고 하려다가 어색해질 것 같아 사—삼촌, 이라고 말했다.

"하하하하하……(역시 우사인 볼트가 우주를 뛰고, 블랙홀에 빠져 실종됐다가 다시 구출되어 돌아왔을 만한 시간이 흘렀다)……하하하하, 내 그럴 줄 알았다. 내는 오늘 니를 만난 게 운명이 허락한 기라 생각한다. 어쩐지 내 어젯밤 꿈에 산만 한 매미님이 나타나셔서 내 운명을 해깍 뒤집어놓을 은인을 만난다고 하셨다 아이가—츠동!"

지금 보니 반대편 테이블에서 서빙하는 직원의 가슴이 꽤 큰 것 같다.

"내 복싱 인생 8년, 무도 인생 3년,* 매미 에너지 연구 사업 인생 20년을 통틀어 오늘같이 귀한 손님이자 친구이자 반려자이자 조카를 만나게 될 줄은 내 꿈에도 몰랐다 아이가—슴에 뽕 넣지 말아요! 아가씨."

그러고 보니 뽕인 것 같았다.

"네, 저도 사—삼촌을 은인으로 생각합니다"라고 말하며 광어회 두 점을 젓가락으로 집은 것은, 아까부터 그가

---

* 이야기의 매끄러운 전개를 위해 밝히지 않으려 했으나, 아무래도 오해의 소지가 있어서 밝혀야겠다. 나도 처음엔 그가 무술의 길, 즉 무도(武道)를 말하는 줄 알았으나, 한참 후에 안 사실이지만 명동 나이트에서 했던 무도(舞蹈) 생활을 말하는 것이었다. 그는 스텝에 관한 한 둘째가라면 서러울 정도로 전설의 발 빠른 무도인(舞蹈人)이었으며, 이건 어디까지나 그가 발 빠른 스텝을 주무기로 했던 밴텀급 챔피언이었기 때문에 가능했다.

말하는 와중에도 한 젓가락에 광어회를 다섯 점씩 집어 우걱우걱 삼키고 있었기 때문이다.

"아, 아이라. 우리 조카가 내 말을 형식적인 인사나 농담 정도로 여기는 모양인데, 내 말은 그런 게 아인 거(↗) 우리가 가슴에 뽕 두 개 넣으면 모를 줄 알았나!"

아가씨가 허겁지겁 화장실로 달려갔다.

"아, 아닙니다. 형식적이라니요. 절대 그렇게 생각 안 합니다. 사―삼촌"이라고 어쩔 수 없이 말하고 아버지를 보니, 역시 아버지는 '맞아도 정도껏 맞아야지' 하는 표정을 지으며 청주 잔을 기울이고 계셨다.

"그럼, 잘됐네. 우리 조카는 내가 진심으로 은인을 만났다는 걸 믿는단 말이지?"라며 그는 촉촉한 눈동자를 하고서는 또 광어회 다섯 점을 한 번에 집었다.

"네…… 네. 네, 그, 그렇지요"라고 말하자마자, 삼촌이라 불리는 정신병자이자, 전 세계 챔피언이자, 매미 애호가가 건배를 권했고, 나는 그 잔을 받아 쭉 들이켰고, 잔을 내려놓을 즈음에 그가 말했다. 하마터면 잔을 떨어뜨릴 뻔했다.

"됐다. 그럼 마, 니가 내 자서전 쓰는 기라. 내일부터."

나는 동공이 튀어나올 듯 휘둥그레진 채 그를 보았다.

아버지는 역시 '맞아도 정도껏 맞아야지'라는 표정으로 청주 잔을 기울이고 있었다.

그 와중에도 그는 태연했다.

"와 놀래노! 내가 하는 말, 너는 그냥 마 받아 직기만 하면 되는 거 아이가—슴에 뿅 넣지 말라니까!"

받아 적기만 하면 된다고? 무슨 말을. 뿅 넣지 말라는 말을……?

라운드 2

그로부터 일주일간 비가 내렸다. 이유는 알 수 없었다. 도대체 3월 중순에 때 이른 장마가 왔을 리도 없고, 기상청에서도 이상기후라고밖에 설명을 못했다. 어찌 됐든 간에, 나는 집에 앉아서 내리는 비를 하염없이 바라보았다. 창문에 후두둑 떨어지며 미끄러지는 빗물을 보고 있노라니, 마치 무언가에 닿자마자 미끄러져야 하는 내 자아를 마주하는 것 같기도 했고, 그저 끊임없이 내리는 빗방울들이 결국은 세상을 적시는구나, 맥락 없는 교훈을 얻기도 했다.

비가 내린 탓인지, 아니면 내 삶에 이미 때아닌 장마가 찾아온 탓인지, 나는 나흘째 아침부터 맥주만 마시고 있었다. 빗물을 보면서 캔을 하나씩 따고, 목으로 꿀떡꿀떡 넘기고, 찌그러뜨리고, 미끄러지는 빗물을 보다가, 다시 캔을 하나씩 따고, 꿀떡꿀떡, 찌그러뜨리고. 그렇게 나흘을 보냈다. 세상에 큰 기쁨을 주기 위해 태어났다는 희태 형이 아침부터 전화를 해서 이번 주 원고는 오늘까지 꼭 보내 달라고 하는 바람에 책상 앞에 앉기는 했지만, 이야기에 몰입하기 위해 작가적 상상력을 발동시키다 보니, 그것이 결국은 그 어떠한 문학적 가치도 없는 노골적이고 끈적끈적한 육체적 본능의 탐구, 그 이상도 이하도 아니란 자각에 더 울적해졌다. 그래서 또 캔을 하나 따서, 꿀떡꿀떡, 그리고 다시 찌그러뜨리고. 통장에 삼천삼백이십 원밖에 없던 무명 신인 작가가 선배 덕에 겨우 입에 풀칠은 하고, 또 캔 맥주도 몇 개 마실 수 있게 되었지만, 일을 하면 할수록 비참한 기분이 들 뿐이었다.

희태 형도 처음에는 『북회귀선』의 헨리 밀러나, 『롤리타』의 블라디미르 나보코프가 환생했다는 평을 받아 보자며 문학적 사기를 한껏 고취시켰지만, 내 원고를 받아 본 그의 입에선 몹시 간단한 말이 나왔다.

"안 꼴리잖아."

형은 내 이름에 걸맞게 거대한 봉우리를 세우는 데 힘쓰라고 했고, 그리하여 나는 첫 회부터 노골적이고 비천하게 썼다.

　주인공은 28세에 과부가 돼 버린 육감적인 여성, 소희. 소희는 75세 교수 남편과 천둥이 치는 날 밤 격정적인 합궁을 벌이다 그만, 복상사로 남편을 여의고 비탄에 빠진 채 술로 나날을 보낸다. 남편이 유품으로 남기고 간 술을 모두 마셔 버리지 않고는 도저히 남편을 잊을 수 없을 것 같아서다. 그러나 소희는 사고 과정이 매우 독특해 일반적인 사람들처럼 술을 버려야겠다는 생각은 하지 못한다. 술이 아까워서도 아니고, 무거워서도 아니고, 그저 술을 버려야겠다는 생각은 마치 지구에서 산소가 사라지는 것처럼 애초부터 소희가 사고하는 모든 결론에서 제외된 것이다. 어찌됐든 장식장 안에는 고급 양주가 잔뜩 있는데, 정상적인 모양의 술병부터, 총 모양의 술병, 혀를 내민 강아지 모양의 술병, 혹은 방망이 모양 등 기이한 술병들이 가득하다. 소희는 여느 날처럼 고급 양주를 마시다, 속이 너무 쓰려 부엌에 가서 안주를 찾는다. 냉장고 문을 열었지만, 그곳에는 차디찬 냉기와 굵고 길쭉한 오이 하나밖에 없다. 그리하여 소희는 어쩔 수 없이 그 굵고 길쭉한 오이를 도마 위에 올려놓고 칼로 썰려다가, 갑자기 폭포수 같은 눈물을 흘리기 시작한다. 그것의 굵기와 모양과 촉감이 남편을 연상시

켰기 때문이다. 그리하여 소희는 차마 칼로 오이를 썰지 못하고, 입술로 고이 모시듯 맛을 보다 그만 몸이 뜨거워지는 걸 경험하고 만다. 그것은 혈관 속에 양주가 흘러 들어갔기 때문이기도 하고, 오이가 가져다주는 뜨끈한 상상 때문이기도 하다. 몸이 마치 장작처럼 뜨거워진 소희는 차라리 술에 잔뜩 취해 모든 것을 잊어버려야겠다고 생각한다. 그리고 흠뻑 젖어 버린 하체를 꼬듯이 이끌고 가, 간신히 술병이 들어 있는 장식장 문을 열고선 경악하고야 만다. 예전에는 아무렇지 않게 보였던 기이한 모양의 술병들이, 새롭게 보였기 때문이다. 술병 마개들이 하나같이 둥글고 탄탄하고 매끄럽게 생겼던 것이다. 속수무책이 된 소희는 다급히 장식장 고리를 부여잡았지만, 다리에 힘이 풀려 그만 주저앉아 버리고 만다.

이따위였다. 수십 번 고쳐 생각해 봐도 변태 야설의 전형으로 여겨질 뿐이었다. 그런데 희태 형은 페티시즘 문학의 전형이라며 극찬을 했다. 원래 연재는 시범적으로 석 달만 해 보려 했으나, 희태 형은 이 정도면 술병뿐만 아니라, 쇼윈도에 진열된 향수병, 필통, 텀블러 등 유선형 물체를 볼 때마다 곤경에 빠지는 '소희 부인 시리즈'로 시작해, 궁극엔 'SF 대하 에로 서사극'도 가능하겠다고 했다. 백화점에서 곤란해하는 소희, 스타벅스에서 곤란해하는 소희, 팬시 문구점에서 곤란해하는 소희. 추괴한 망상을 떨쳐 보려 해외여행을 떠났다가 기내 서비스로 제공된 와인 병을 보고 어쩔 바 모르는 소희, 나중에는 파리에서 에펠탑을 보고 존재의 이유에 대해 극심히 괴로워하는 소희 등, 가능하다면 달나라에 갈 우주선의 둥근 귀퉁이를 보고도 괴롭게 만들 기세였다. 나는 그런 말을 들을수록, 과연 이 형의 이름 속에 담긴 기쁠 희(喜) 자란 도대체 어떠한 형태의 기쁨을 말하는 것인지 의문이 들었다. 동시에 그러한 말을 들을수록, 나의 문학적 자아는 위축되다 못해 아예 점이 돼 버리는 느낌이었다.

이대로 1년 동안 연재를 했다가는 나중엔 병이나 오이만 봐도 기겁할 지경이었다. 입에 풀칠이야 하겠지만, 할 수만 있다면 어서 빨리 다른 밧줄을 잡아 이 컴컴한 우물 속을 탈출해야 했다. 그러나 내가 붙잡을 수 있는 다른 밧줄은 단 하나밖에 없었다. 그리고 가장 비참한 사실은 우물 밖에서 그 밧줄을 내리고 있는 사람이 바로 그 삼촌이라는 작자란 것이었다. 정신병자이자, 전 세계 챔피언이자, 매미 애호가인 그 작자 말이다.

*

"그래. 자아아아······(뭐, 이번엔 우사인 볼트와 벤 존슨이
이어달리기로 지구 열댓 바퀴는 뛰는 느낌이었다)······아아알
생각했다. 마, 내 자서전 써기 우리 세상을 힘 뒤집어 볼
수 있다 아이가—츠나베!"

공평수와 나 사이엔 햇빛이 얼룩져 들어오고 있었다.
태곳적부터 존재해 온 듯한 거대한 땟물이 창에 잔뜩 붙
어 있기 때문이었다. 둘 사이에 울긋불긋 핀 얼룩 햇빛이,
흡사 사이키 조명처럼 번졌다. 사방엔 역시 태곳적부터
존재해 온 듯한 얼룩진 마름모꼴 패턴의 갈색 벽지가 붙
어 있었는데, 공평수가 "만두라도 먹지 않을래?"라고 묻
는 순간, 나는 곧장 15년간 군만두만 먹었던 「올드보이」
의 최민식을 이해할 것 같았다.

공평수가 앉아 있던 의자는 그의 몸보다 두 배나 컸으
며, 그의 머리 위에는 도대체 이곳에 왜 있는지 이해할 수
없는 태극기와 국민교육헌장 액자가 걸려 있었다. 나는
갈색 소파에 앉았는데(물론, 비닐이다) 소파는 내가 움직
일 때마다 노인의 신음 같은 비명을 내질렀다. 소파 앞에
는 어쩔 수 없다는 듯이 탁자가 있었고, 그 탁자에는 당연
하다는 듯 녹색 부직포가 깔려 있었다. 그 위에는 예상했

겠지만, 우주의 질서를 위배할 수 없다는 듯 유리판이 깔려 있었고, 역시 공평수의 취향이 반영된 듯 유리판에는 '황금성', '경화루', '여대생 다방', '이혼녀 찻집' 따위의 스티커가 무질서하게 붙어 있었다.

"그게 1994년 여름이었지. 매미들은 지구가 떠나갈 듯 울어 댔어. 나는 고막이 째질 것 같아 두 손으로 귀를 막고 머리를 흔들었어. 미칠 것 같더라고."

그는 그때의 기억에 빠진 듯 귀에 별문제가 없는지 확인하듯 검지로 귓속을 후볐다.

"그해는 전국적으로 극심한 폭염에 시달리고 있었지. 기억나려나 모르겠어. 1994년, 대구에선 40도에 육박하는 더위 때문에 노인들이 막 죽어 나가곤 했어. 그때만 해도 함석지붕 집에 사는 독거노인들이 많았거든. 애기들도 죽고, 노인들도 죽고. 아무튼 내 말은 무지하게 더웠단 말이야. 그해는."

그는 갑자기 더워진 듯 손으로 셔츠 옷깃을 들썩이며 바람을 불어 넣었다.

"그래서 나는 너무 더운 나머지 집에 가서 샤워를 했지. 그런데 샤워를 해도 더위가 가시지 않는 거야. 그래서 한 번 더 했지. 그래도 더웠어. 얼음물을 마시고, 수박을 통째로 먹었는데도 계속 더운 거야. 이상했지. 결국 시원해질 때까지 샤워를 했는데, 열 번 넘게 샤워를 하다가 그만 포기하고 말았어. 그러고 나서 깨달았지. 내 몸 안에 어떤 뜨거운 열기 같은 게 들어왔다고 말이야. 말하자면 에너지 같은 거지. 온 우주를 관장하는 에너지. 어쨌든, 그날부터 기이한 일이 생겨나기 시작했어. 이상하게 들릴지는 모르겠지만, 매미들의 언어를 이해하게 됐어."

이상하게 들렸다. 일말의 여지도 없이, 역시나 이상하게 들렸다.

"그때부터 매일 과천 뒷산에 올라갔어. 아침에 눈뜨면 바로 올라갔어. 나는 매미들과 교감하게 됐거든."

그러고 보니 TV 위에는 그의 젊은 시절 사진이 붙어 있었다. 키는 작았지만 다부지고 탄탄한 몸매에 눈매가 살아 있었다. 복서답게 트렁크스를 입고 양손에 글러브를 낀 채 나를 노려보고 있었다.

"매미들의 마음을 얻는 과정은 쉽지 않았어. 뙤약볕이 내리쬐건, 장대비가 쏟아지건, 항상 산에 올라 매미들과 동고동락하다시피 하고 나서야 알아냈지. 매미가 바로 우주 에너지의 근원이라는 것을. 그리고 이건 천기누설인데 말이야, 조카가 내 자서전을 쓴다니까 얘기해 주는 거야."

나는 그가 선수 시절의 이야기를 시작하길 기다렸다.

"매미님이 내게 초능력을 전해 줬어. 매미의 몸통 끝에서 흘러나오는 에너지를 내게 전해 준 거야. 그걸 손끝으로 모아 투명한 비닐 봉투 속에 담았지. 그리고 산업화시켜야겠다고 생각했어. 온 인류에 이 에너지를 전파해야겠다고 생각했거든."

나는 "네. 그렇군요"라고 대답했다.

"반창고에 그 에너지를 모아 내 목에 붙여 보았는데, 신기하게도 선수 시절에 앓았던 목 디스크가 사라졌어. 흥분해서 곧장 아내와 딸에게 실험해 보았지. 아내의 생리 주기가 일정해졌고, 딸은 감기가 떨어졌어. 이거야. 조카에게도 하나 선사하지."

그는 내 왼손 엄지 밑 혈 자리에 일명 '시케이더 에너지 밴드'를 붙였다. 얼핏 봐도 조악하게 가위로 자른 3M 테이프였다.

"그 에너지를 담아서 스티커, 휴대폰 고리, 자동차 윤활유를 제작했어. 정몽구 회장을 만나기로 했는데, 아마 특허만 받으면 우리는 이제 휘발유를 30퍼센트 절약할 수 있어. 휴대폰에 붙이면 배터리 수명을 연장하고, 방바닥에 붙이면 수맥을 차단하고, 컴퓨터에 붙이면 전자파를 막지. 신발 깔창에 넣으면 신체에 기와 활력을 불어넣어

주고 신진대사를 활발하게 해. 벨트에 붙이면 남성 문제가 해결되고, 여성 속옷에 붙이면 불임 문제가 해결돼. 별똥별에서 추출한 토르말린과 게르마늄, 맥반석, 규조토, 제오라이트, 춘천옥, 게다가 매미 에너지까지 결합했기 때문에, 이제 이로 인해 온 인류는 완전히 뒤바뀔 수 있어."

그는 즐겨 쓰던 말꼬리 농담도 않고, 정색하며 말했다. 그의 명패 양 가로 두 마리의 봉황이 서로 얼굴을 마주하고 있었고, 그 아래에는 '공평수 파동 에너지 회장 공평수'라고 씌어 있었다. 그리고 그 옆에는 지금은 흔히 볼 수 없는 VHS 테이프가 있었다. 그 테이프에는 검은 사인펜으로 '양정팔 시합 분석'이라고 쓰인 스티커가 붙어 있었다.

설명을 듣는 동안 40분이 훌쩍 도망갔다. 움직일 때마다 소파가 비명을 내지르는 바람에 허리를 꼿꼿이 세우고 있었더니 통증이 오기 시작했다. 좀 더 기다려 보려 했으나, 도무지 언제 저 광활한 우주 에너지의 세계와 인류 복지에 대한 거대 담론이 끝날지 몰라 물어보았다.

"근데, 자서전 내용은 어떤 걸로 하실 건데요?"

그는 마치 녹색 부직포 위엔 유리판을 깔아 놓는 게 당연한 우주의 법칙이 아니냐는 듯이 물끄러미 나를 보았다. 그러고 나서 눈을 감고 고개를 떨어뜨린 채 한동안 있었다. 한참 후 고개를 든 그의 얼굴은 벽에 걸린 태극기가 가슴에 휘장으로 내려와도 될 만큼 굳은 표정이었다. 마치, 국가 대표의 표정이랄까. 그가 눈을 부릅뜨고 말했다.

"초능력자가 된 세계 챔피언."

나는 할 수만 있다면 면상에 시속 3000km의 펀치를 날리고 싶었다.

라운드 3

이쯤에서 내 여자 친구를 소개하겠다. 아니! 다른 이야기 실컷 하다 말고, 이제 와서 갑자기 웬 여자 친구 이야기냐고 할지 모르겠다. 미안하다. 몸이 안 좋다. 그럼, 그게 단가! 세상에 가진 거 하나 없는 루저인 양 말해 놓고, 이제 와서 여자 친구라니, 이리 무책임해도 되는 건가! 진정하기 바란다. 그렇다. 나는 루저가 아니었다. 방금 당신이 읽은 문장이 과거형이었음에 주목해 주기 바란다. 그러니까 내가 루저가 아니라는 사실 역시 현재형이 아니라, 과거형이다. 그 시절 나는 루저가 아니었고, 물론 행복했었다.

우리는 같은 대학의 영화 동아리에서 만났다. 그녀는 인류학과의 퀸카였다. 비록 얼굴이 약간 크긴 했지만, 고현정은 그래도 미인 아닌가. 가슴이 조금 빈약하긴 했지만, 그런 건 아무래도 좋았다. 그녀는 빛이 나는 얼굴과 긴 다리를 소유한 퀸카가 아닌가. 내가 인류학과의 퀸카랑 사귀게 됐다고 했을 때 친구들은 인류학과엔 여자들이 세 명밖에 없다며 입을 모았고, 나는 녀석들과 한동안 연락하지 않았다. 물론 내 심사가 틀어졌다는 건 아니다. 취중 실수로 휴대폰 초기화 버튼을 눌렀고, 내가 다닌 학교는 하필이면 캠퍼스가 몹시 넓었고, 또 하필이면 녀석들이 나랑 같이 듣는 강의가 하나도 없어서 연락이 끊겼을 뿐이다. 아무튼, 나는 그저 여자 친구가 생겼다는 사실만으로도 흥분했다. 그녀는 내가 군대에 갔다 오고, 직장을 그만두고, 시답잖은 단편소설을 쓴다고 커피숍에 커피 한 잔 시켜 놓고 죽치고 글을 쓰던 시절을 모두 기다려 주었다. 그것만으로도 감동적이고, 행복할 줄 알았다. 그렇다. 또 과거형이다.

예상했겠지만, 우리 둘 사이를 채우고 있던 공기가 미묘하게 뒤틀리기 시작했다. 그건 그녀가 공인회계사 시험에 합격하고 난 뒤부터였다. 이 무슨 신파 같은 이야기냐고 할지 모르겠지만, 나로서는 억울할 뿐이다. 이게 내가 실제 겪은 일이기 때문이다. 나는 타인의 인격이나 공로를 깎아내리는 것에 대해선 어떠한 거리낌도 느끼지 않지만, 나의 신상에 관해 과장하거나 왜곡해서 말하는 것엔 불편함을 느낀다. 정말이다. 그러므로 이게 내가 실제로 겪은 일이고, 나는 지금 거짓말을 할 수 없는 곤경에 처해 있음을 알아주기 바란다. 아니면 일본의 대지진이나, 북극곰의 위태로운 미래, 혹은 아프리카의 기아라도 생각해 주기 바란다. 딱히 공감되지 않는다면, 다시 나의 곤경을 이해해 주면 된다.

어쨌든 그녀가 회계사가 되자, 우리 둘 사이에 공통분모들이 하나둘씩 사라졌다. 그녀가 시험 준비를 하고 내가 단편소설을 쓰던 도서관이나 3000원짜리 찻집은 더 이상 우리의 데이트 장소가 되지 못했다. 정확히 말하자면, 그녀의 데이트 장소가 되지 못했다. 그녀의 옆에는 늘 고급 양복을 입고 다니는 동료, 고급 세단으로 그녀를 홍콩까지 데려다 줄 선배, 그리고 무엇보다 내가 200자 원고지 20매를 채우기 위해 겨우 주문해 놓는 커피 한 잔을 단번에 수십 잔씩 주문해서 돌려 버릴 수 있는 녀석들이 즐비했다. 말하자면, 재수 없는 놈들이었다.

게다가 더 비참했던 것은, 그녀의 아버지라는 거대한

존재였다. 그녀의 아버지는 우리가 다니던 대학의 국문과 교수였는데, 학자로서 평론가로서 문학계에서 명성이 자자한 사람이었다. 그게 왜 나에게 비참한 사실이 되냐 하면, 나를 당선시켜 준 한 심사 위원의 말 때문이었다.

"이건수 교수님께 안부 좀 전해 주세요. 루한 씨 원고도 덕분에 잘 읽었다고 전해 주시고요."

이게 무슨 말인가. 어째서 그 심사 위원이 이건수 교수와 내가 관계있다는 사실을 안단 말인가. 나는 누구에게도 이건수 교수가 내 여자 친구의 아버지라는 말을 하지 않았지만, 심사 위원은 그 사실을 알고 있었다. 그렇다면 여자 친구를 통해 내가 신인상에 응모했다는 사실을 들은 아버님이, 아니 문학계의 거목 이건수 교수가, 출판사 쪽에 접촉을 했단 말인가. 그게 결국 심사에 영향을 미쳤단 말인가. 나는 비겁하게 어떠한 질문도 할 수 없었다. 그리고 자위했다. 유서 깊고 전통 있는 출판사에 그러한 입김이 작용할 리 없으며, 21세기의 OECD 국가에서 그러한 일은 절대 발생할 수 없다고 말이다. 하지만, 뭔가 석연찮은 기분이 드는 건 어쩔 수 없었다.

물론 내가 확증도 없는 이런 일을 가지고 비참한 기분이 든다고 하는 건 아니다. 사실 그게 진실이라 해도, 한 며칠 소주를 잔뜩 마시긴 하겠지만 내 성격상 술이 깨면 오히려 더 좋은 글을 써서 진가를 보여 주겠다고 이를 악물 것이다. 그건 내가 할 수 있는 일이다.

　그러나 그 일은 정말 내가 어찌할 수 없는 일이었다.
　그건 어릴 적부터 약쟁이와 허풍꾼과 사기꾼과 주먹들과 각종 타락한 운동선수들을 주변에 죄다 깔아 놓고 지낸 나의 아버지와, 서울 소재 주요 사립대 정교수이자 문학계의 거목이자 교양 있는 그녀의 아버지가 만났을 때의 일이다.
　물론 나는 그 만남이 성사되는 걸 필사적으로 막았다. 하지만, 그녀의 아버지가 10년이 넘은 우리의 교제에 갑자기 관심을 보이며 밀어붙이는 바람에 어쩔 수 없었다. 아무래도 자신의 딸이 어쩌면 이 녀석과 결혼하겠다고 말할지도 모르기에, 상대가 어떤 집안인지 한번 대학교수의 눈으로 확인해 보리라는 심산이었던 것 같다. 나로서는 그러한 관심이 고마웠지만, 문제는 나의 아버지였다. 눈치 빠른 독자는 알아챘겠지만, 어릴 적부터 약쟁이와 허풍쟁이와 사기꾼과 주먹들과 타락한 운동선수들을 온통 꿰차고 있던 나의 아버지는…… 그렇다. 전국이 알아주는 건달이었다.
　아버지로 말할 것 같으면, 그 눈매가 매섭다 못해 괴기

스러워 아들인 나도 아버지의 눈을 볼 때마다 깜짝깜짝 놀라며, 할머니께서는 아버지를 낳고서 처음 안은 순간 신생아의 눈에서 무섭게 쏘아 나오는 호전적 기세에 그만 회개 기도를 올리셨고, 어머니는 결혼하고 나서도 한동안 아버지의 눈을 마주치지 못해 고개를 떨어뜨리고 대화를 나누셨고, 어릴 적 집에 놀러 온 친구 녀석 중 한 녀석은 아버지와 눈이 마주치자 곧장 오줌을 지리고 울음보를 터트리며 뛰쳐나갔다. 할머니는 이런 아들의 기운을 누그러뜨리고자 초등학교 1학년이었던 아버지를 교회로 데리고 가셨으나, 부흥사로 이름을 떨치고 앉은자리에서 못 고치는 병이 없던 목사는, 훗날 주변에 약쟁이가 넘쳐 나고, 허풍꾼과 사기꾼과 주먹들이 넘쳐 나고 눈빛만으로 상대를 제압하게 될 소년 남강호와 눈이 마주치자 하던 설교를 끊고 그만 이런 말을 했다.

"악마는 언제나 우리를 노려봅니다. 바로 우리 무리 중에서요!"

그러나 그 실상이 눈빛만으로 끝난다면, 이야기는 순조롭게 진행될 터지만, 내가 이렇게 길게 이야기하는 것은 그 목소리 또한 장안의 어느 누구 못지않게 박력을 넘어

파괴적이라 할 만하니, 이미 초등학교 2학년 음악 시간에 목청을 가다듬는 소년 남강호의 음성에 음악 선생은 겁에 질려 오줌을 지렸고, 집 안에 빚쟁이들이 몰려왔을 때 소년 남강호가 지르는 "아! 신발!" 소리에 놀라 김두한쯤 되는 대주먹이 욕을 하는 술 알고 사재꾼들이 신발도 못 챙겨 맨발로 달아났다는 유의 일화는 이제 흔하디흔한 레퍼토리가 돼 버렸다. 훗날 아버지는 신발에 도둑고양이가 배설물을 지려 짜증이 나서 내뱉은 말이라 했으나, 이미 소년 남강호의 눈빛과 목소리는 또래와 형들의 세계는 물론이거니와 성인들의 세계까지 넘봤으니, 그가 살면서 마주해 온 대부분의 결투는 이미 주먹을 휘두르기도 전에 사실상 끝난 것이라 해도 과언이 아니었다.

그러나 그 실상이 눈빛과 목소리만으로 끝난다면, 내가 이토록 이야기를 길게 끌지 않았을 터이니, 그의 돌주먹과 무쇠 다리에 맞아 나가떨어진 이들을 숫자로 세자면 이미 초등학교 1학년 때 열 손가락, 열 발가락, 콧구멍 수, 귓구멍 수는 물론이거니와 땀구멍 수까지 동원해도 모자랄 판국이었고, 사실상 학교와 담을 쌓기 시작한 초등학교 2학년 때부터 그에게 맞아 온 사람들의 숫자를 세자면 인간의 신체 중 머리카락을 제외하고는 그 어떤 것이 동원돼도 무의미할 판국이었다. 혹자는 그에게 맞은 사람들을 일렬로 눕혀 놓으면 서울에서 부산까지 왕복한다 했고, 혹자는 아시아를 돈다 했고, 다른 이는 유라시아 대륙을, 또 어떤 이는 전 세계를, 또 누구는 바다는 왜 포함시키지 않느냐며 전 지구를 세 바퀴 반 돌고도 남는다 했으니, 그에게 맞은 사람보다는 맞지 않은 사람들이 진귀할 지경이었다.

시간 관계상 그에게 맞지 않은 사람을 바로 열거하면 다음과 같다.

할머니, 할아버지, 큰고모, 작은고모.

애석하게도 작은아버지는 소싯적부터 아버지의 인간 샌드백 노릇을 하며 일생을 보내 왔으며, 기타 인물들 또한 그의 스치는 주먹이나 하다못해 기지개 켜는 팔 자락에라도 맞아 본 적이 있으니, 그의 주변에는 언제나 타박상에 좋은 물파스나 붙이는 파스, 일회용 밴드, 혹은 과산화수소수를 나누며 위로하는 이들이 넘쳐 났다.

이런 그가 험하기로 소문난 남쪽 해안 도시를 섭렵한 것은 벌써 중학교 1학년 때의 일이고(물론, 그렇다고 학교에 나갔다는 말은 아니니 오해 마시기 바란다. 나이가 그랬다는 말이다), 그 나이 열다섯에는 전라도 주먹들과 어울렸고, 그 나이 열아홉에는 명동에 진출해 전국구 건달들과 어울리며 세를 확장했고, 그 나이 20대 중반에는 서울의 유수 번화가들을 섭렵했고, 그 나이 30대에는 이미 전국 곳곳에 이름을 날려 그 이름만으로 한반도의 밤거리에선 '후리 패스'를 발급받은 것처럼 활보할 수 있었다.

그런고로, 나는 이 태생적·성장적·철학적 세계관이 첨예하게 다른 두 아버지 간의 만남에 노심초사하지 않을 수 없었고, 이는 생각하면 할수록 내 간장을 태우고 장을 비비 꼬이게 할 뿐이었다. 역사는 언제나 염려하는 이의 걱정대로 흘러간다고 했던가. 아니나 다를까, 아버지는 첫 만남부터 돈 꼴레오네 저리 가라 할 정도로 오버를 하고 말았다. 그는 상대가 학계의 저명한 인사라는 이야기를 듣자마자, 현역 주먹계에서 가장 주가 높은 망치에게 곧장 전화를 걸었다. 그러나 기세 좋은 다이얼의 움직임과 달리, 그 전화의 내용은 「미워도 다시 한 번」 유의 신파에 가까웠으니, 망치 네놈이 코 흘리던 시절 나한테 얻어먹은 밥이면 대한민국 김밥천국 전 체인점이 동시에 김밥을 말고도 남을 것이고, 그 남은 밥을 냉동시켜 바닥에 깔아 놓으면 설 땅 잃은 북극곰들이 평생 굴러다녀도 끝에 이르지 못할 것이며, 얻어 마신 술이면 에버랜드 워터파크를 채우고도 남고, 그 남은 물을 얼려 바다 위에 띄

워 놓으면 아까 그 북극곰이 북극에서 부동산 투기를 하고도 남을 정도라고 옛이야기를 늘어놓았다. 결국 망치도 듣기 지겨웠는지 검은 리무진 다섯 대와 김밥천국에서 김밥 30인분은 먹어야 간에 기별이 갈 만한 덩치 스무 명을 보내 줬다. 그리하여 중후한 인사동 찻집 골목 앞에 지옥에서 갓 출시된 듯한 검은 리무진과 덩치들이 도열해 있었으니, 문학계의 거목이자 주요 사립대의 정교수인 이건수 교수는 기함하지 않을 수 없었다. 게다가 아버지는 장식이 화려하게 붙은 선글라스와 자주색 스카프와 황금색 양말을 신고 나왔으니, 그날의 감정에 대해 그는 이렇게 술회했다.

"자식 잘되라는 애비 마음은 누구나 같다."

도대체 '잘된다'는 의미가 무엇인지 알기나 한단 말인가. 이에 나는 영문을 알 수 없다는 표정을 지었다. 아버진 내 표정의 메타포를 읽었는지 이렇게 대답해 주었다.

"나는 늘 내 아버지가 이렇게 해 주길 바라 왔다. 그리고 대한민국에선 첫인상 먹어 주는 놈이 결국 끝까지 먹어 준단다."

나는 그 '먹어 준다'는 표현이 과연 먹고살게 해 준다는 의미의 표현인지, 아니면 저잣거리에서 '네놈이 나를 멕였구나!' 식의 표현인지는 오늘까지 모르고 있다.

어쨌거나 거기서 그쳤다면 다행일 터! 아버지는 한술 더 떠, 예식 날짜라도 잡는 분위기로 오해하고 말았으니, 예식은 광주 후배 왕사시미가 하는 예식장에서 하면 예식 비용은 의리상 공짜, 하객은 전국의 후배들 동원하면 2000명 정도는 부동자세로 병풍처럼 세워 놓을 수 있고, 박수 소리는 졸개 녀석들 몇 명만 지하실에 한 며칠 가둬 놓으면 지구 종말로 착각할 만큼 크게 칠 수 있으니 염려 말라, 는 전혀 염려 아니할 수 없는 말들을 늘어놓았다. 게다가 상대는 꺼내지도 않은 혼담에 벌써 피로연까지 머릿속에 그리고 있었으니, 목포 도끼가 보내 주는 광어 세 트럭, 풍천 전기톱이 보내 주는 민물 장어 열 박스, 포항 쇠망치가 보내 주는 과메기 두 트럭, 제주 피바다가 보내 주는 은갈치 다섯 박스면 전혀 문제 될 것이 없을 거라며, 역시 거대한 문제를 스스로 만들고 있었으며, 그뿐인가! 신혼집은 평택 불도저가 지난달 건설업자를 생매장한다며 위협해 인주 대신 뚝뚝 떨어지는 피로 지장을 찍게 해 각서로 넘겨받은 평택 빌라에서 오순도순 살면 된다 했으니, 과연 오순도순이란 단어의 사전적 정의가 무엇인지 의심받는 밤이었다.

아니나 다를까, 그날 밤의 거사를 마치 열세 살 때 스무 살 청년 서른 명을 볼펜 한 자루로 때려눕혔다는 영웅

담처럼 자랑스럽게 말하는 아버지의 이야기를 듣는 순간, 나는 이미 황당함과 부끄러움은 당연지사이거니와, 나중에는 여자 친구고 부자지간이고 아니 인간이고 뭐고 간에, 그저 지구의 모든 생명체와 이별하고 싶은 생각뿐이었다.

그러나 내 여자 친구의 아버지이자 문학계의 거목이시며, 동시에 주요 사립대의 정교수이신 이건수 교수께서는 자신의 교양과 인내심을 십분 발휘하셨으니, 그 인품과 인내심은 가히 하늘을 넘어 대기권을 뚫고 태양에 도달할 지경이었으나, 모든 인간지사가 그렇듯 조건 없는 사랑이란 드라마 제목밖에 되지 못하고, 그 드라마 역시 광고 수입이나 올리려는 수작에 불과한 세상이니, 그는 다음과 같이 말했다.

"내 딸을 원한다면 2000만 원만 마련하게."

말인즉, 어차피 딸자식 생각해서 마련해 둔 돈이 있으나, 나더러 연지와 결혼할 생각이면 전세금 중에 2000만 마련하라는 것이었다. 물론 문학계의 거목이자, 주요 사립대의 정교수인 이건수 교수가 돈이 없는 건 아니나, 금지옥엽으로 아끼고 눈에 넣어도 아프지 않을 딸을 보냄에 있어 최소한의 성의를 보고자 하는 것이었고, 2000만 원은 그가 딸을 보내기로 작정한 데에 대한 마지노선이었던 것이다. 이대로 끝났다면 이야기가 간단했겠지만, 연지 아버지께선 품격 있고 과학적인 대학교수답게 한 말씀을 보태셨다.

"결코 그 돈이 김은손에서 나와신 인 되네."

그것은 자신이 눈꺼풀에 물파스 발라 가며 밤새워 공부하고, 연지 어머니를 얻기 위해 꽃을 들고 담벼락에 기대 밤을 새우고, 대학원 시절 교수들의 온갖 심부름을 해가며 틈틈이 논문을 쓰고, 지금까지 밤을 지새우며 연구해 온 무수한 세월들을 욕되게 하는 것이며, 딸의 명예와 가족의 명예를 몹시 곤란하게 하는 일이라고 굳이 말하지 않아도 알고 있는 것을 장장 세 시간에 걸쳐 훈계했다. 그러니 나로서는 또 어쩔 수 없이, 아버지가 평택 불도저니, 광주 왕사시미니, 목포 도끼니, 풍천 전기톱이니, 제주 피바다니 하는 건 모두 근거 없는 허풍일 뿐이며, 그런 데서 돈이 나올 리는 없다고 싹싹 빌듯이 말씀드렸다. 그런데 아버지의 허풍을 이어받았는지 나도 모르게 다음과 같은 말을 해 대고 말았다.

"걱정 마십시오. 지금 제가 『노인과 바다』를 뛰어넘을 역작을 1년 넘게 쓰고 있습니다. 한국은 물론, 전 세계를 뒤엎고 역사에 길이 남을 것입니다. 저 인간 남루한의 배경(물론, 약쟁이와 허풍꾼과 사기꾼과 주먹들이 주변에 즐비한 아버지를 말하는 것이다)이 아닌, 제 모습만 봐 주십시오. 저의 미래를 봐 주십시오, 아버님."
이라고 말하다 보니 나 스스로 감격해 눈물까지 약간 보이고 말았으니, 아버님은 여전히 풍천 전기톱이나 제주 피바다 등등이 맘에 걸리긴 했으나, 일단은 '미워도 다시 한 번'이라는 심정으로 나를 믿기로 하셨다.

그리하여 내게는 일단 연지와 결혼하기 위해 2000만 원만 마련해야 하는 현실적 과제가 주어졌다. 젠장, 2000만 원만.

*

비록 주변에는 약쟁이와 허풍꾼, 사기꾼과 주먹들이 넘쳐 났으나, 아버지에겐 철칙이 있었으니, 이는 모두 그가 어디까지나 뼈대 있는 가문의 자손이기 때문이었다. 그러므로 그는 선비 정신을 결코 저버릴 수 없다고 입버릇처럼 말했으나, 이 모든 것은 그의 증언에 의한 것뿐이니 그 진실성은 확인된 바 없다. 그 진위 여부야 어찌 됐든 간에 그의 주장에 따르면 자신의 출신 성분은 이러하다.

선조로는 일찌감치 11세에 귀신을 쫓아 죽어 가는 여인네를 살리고, 17세에 그 총명함과 용맹함을 주체할 수 없어 신신풀이로 무과에 급제하고, 급제하자마자 역시 그 혈기와 애국 충정을 주체하지 못하여 앞장서 이시애의 난을 평정하고, 그걸로도 성에 안 차 멀리 여진까지 달려가 여진족을 동네 한량 때려잡듯 정벌한 남이 장군이 계시며, 당연하다는 듯이 그 후에 병조판서·이조판서·영의정·좌의정을 줄줄이 배출하고, 이 정도는 족보에 넣기에 종이가 아깝다는 듯이 세력가, 학자, 장군을 역시 여름날 장맛비처럼 지겹게 배출했으니, 즉 대대로 문무를 겸비한 인재를 출생·성장·배출시켜 왔고, 근대에 이르러서는 증조할아버지가 고종 집에서 하숙을 했다는 확인 불가한 내력까지 뼛속에 새긴 그가 정한 철칙은 다음과 같았다.

"약 장사와 여자 장사엔 절대 손대지 않는다."

아버지가 술만 마시면, 입에 담는 레퍼토리를 종합해 보면, 자신은 문무를 겸비한 가문의 후예답게 그 유전자 안에 문(文)과 무(武)에 대한 열망이 공존하고 있으나, 어찌 된 영문인지 성장기를 거치며 점차 사람들이 자신의 눈빛에 지레짐작 겁을 먹고 도망가기 일쑤였고, 그런 분위기가 차차 굳어지자 주변에 주먹들이 하나둘씩 모이기 시작했고, 결국 문(文)의 유전자는 외부로 표출되지 못하고, 무(武)의 유전자만 표출돼 온 길을 걸어왔다는 것인데, 과연 그 길이 무(武)의 길인지는 의심해 볼 문제였다. 어찌 됐든 (본인의 표현에 의하자면) 이미 무(武)의 세계에 어쩔 수 없이 발을 디딘 열세 살 때, 끊임없이 문(文)의 길로의 향방을 모색해 보았으나, 자신의 벽을 그저 한번 넘어서 보려는 승냥이들이 떼 지어 덤비는 바람에 자신은 문(文)의 의지로 붙잡고 있던 볼펜 한 자루로 스무 살 건달 서른 명을 때려눕힐 수밖에 없었고, 예부터 이웃들에게 인심 후하기로 소문난 의령 남가(南家)의 전통을 이어받아 선후배들에게 가능한 한 '나누어 주고 꾸어 주고 베풀어 주는 삶'을 실천하며 살아가려 했으나, 어울리고 싶은 치들은 모두 눈빛과 목소리에 지레 겁을 먹고 달아났으니, 어느 날 뒤돌아보니 주변에는 삶의 벼랑에 몰린 약쟁이와 허풍꾼과 사기꾼과 주먹들밖에 없었다는 것이다. 그때 아버지는 결심했다고 한다.

'이들을 진정으로 보살펴 주기 위해서는 그들의 높이

에 무릎을 맞춰야 한다.'

그러기 위해서는 이들이 위화감을 느끼지 않도록, 시정 잡배의 무리 속에 들어가 함께 어울리며, 뒹굴고, 술 마시고, 욕을 들어 주고, 때론 맞장구쳐 주기 위해 욕도 함께 해 주고, 어쩌다 보면 이들이 더 이상 추락하지 않도록 훈계도 해야 한다고 말이다. 사랑의 훈육이란 말로도 할 수 있지만 때로는 매가 동반될 수도 있는 것이라고 아버지는 믿고 있었기에, 어쩔 수 없이 한 번씩 손을 썼다고 했지만, 그 숫자와 양으로 볼 때 이는 어디까지나 거대한 자기 합리화와 핑계일 뿐이었으며, 사실상 그의 눈빛과 목소리만으로 훈육 당하지 않을 자들이 없었으니, 이는 어디까지나 본인의 표현에 의하면 모두 "가끔씩 발현되는 본질적 무사의 기운 때문"이었다. 어찌 됐든, 그 와중에도 그는 비록 거리의 소매치기와 사기꾼과 한량들과 어울릴지라도 남이 장군의 후손답게 절대 약에는 손을 대거나(오히려 약에 손을 댄 이들에게 손대는 일을 했던 걸로 안다) 여자 장사만은 하지 않았으니, 그는 일찌감치 합법적인 사업에 눈을 떠 그 방면을 알아보았다.

허나, 언제 격전이 벌어질지 모르는 주먹의 세계가 그

러하듯, 그의 합법적인 사업 역시 언제 부도가 날지 모르는 풍전등화의 연속이었다. 그는 특유의 와일드한 성격, 추진력, 담대함으로 혁혁한 성과를 올리긴 했지만, 그가 이룩한 실패 역시 그 역사가 길어 한 편의 역사극을 만들고도 남을 정도였다.

그가 벌인 최초의 합법적인 사업은 주먹 세계와 너무나도 거리가 먼 건조 오징어 사업이었다. 막상 사업을 시작하자 그는 생전 처음 해 보는 사업자 등록에서부터 식품 관리, 설비 관리, 직원 관리 및 영업 전략까지, 그 머리가 터질 지경이었는데, 그가 오징어 건조 사업에 투신한 이유는 실로 단순한 것이었다.

"세상에 씹어 먹을 놈이 너무 많다!"

그러나 선량한 시민들이 그 모든 놈들을 잘근잘근 씹어 먹을 수는 없기에, 아무래도 한계비용이 높은 일(즉, 사고 치고 감방에 직접 가는 짓)보단 대체재를 선택(즉, 오징어를 씹어 먹는 짓)을 할 거란 확신 때문이었다. 그러나 이것은 그 후에 펼쳐질 그의 무수한 실패담에 사소한 경력을 하나 덧붙이는 일밖에 되지 않았으니, 그는 오징어 사업에 실패하자마자 후배들을 동원해 갖은 협박과 설득과 회유, 온갖 과장과 허풍, 수사를 이용, 결국 투자자들의 눈먼 투자를 이끌어 과즙 사업을 시작했다. 투자자들에게는 바야흐로 웰빙 시대가 도래했으므로, 턱만 아픈 오징어 따위야 씹어 먹을 리가 없고 간편하게 넘기기에 좋고, 보기에도 좋고, 몸에도 좋은, 삼박자가 고루 갖춰진 과즙의 시대가 열릴 것이라 했으나, 그가 과즙 사업에 투신한 이유는 실로 단순한 것이었다.

"세상에 갈아 마실 놈이 너무 많다!"

그러나 선량한 시민들이 그 모든 놈들을 갈아 마실 수는 없기에, 아무래도 한계비용이 높은 일(즉, 사체 훼손과 인육 섭취와 또 감방에 가는 것)보단 대체재를 찾을 것(즉, 과즙을 마실 것)이란 확신이 들었기 때문이었다. 그러나 이 역시 후에 펼쳐질 무수한 실패담에 겨우 사소한 두 번째 경력을 덧붙이는 일밖에 되지 않았으니, 그는 과즙 사업에 실패하자마자 방에 쌓인 과즙을 쪽쪽 빨아 먹느라 몸이 퉁퉁 불은 후배들을 동원해 온갖 간청과 애원, 읍소와 과장, 허풍과 구라를 동원해 투자자들의 재투자를 끌어내 또 사업을 시작했으니, 이번에는 일명 '뽁뽁이'라 불리는 에어캡 사업이었다. 투자자들에게는 집과 사랑과 우정을 빼고는 모든 것이 주문·배달 가능한 인터넷 쇼핑의 시대가 도래했으므로 앞으로 유리, CD, 플라스틱은 물론 모든 귀중품이 뽁뽁이에 둘러싸여 배달될 것이라 했다. 그는 한술 더 떠 뽁뽁이에 포장된 것이 귀중품이라는 인식이

팽배해지면 이제 배달 물건이 아니더라도, 모든 귀중품들은 뽁뽁이에 둘러싸여 전시·보관될 것이며, 자신의 가치를 드높이고 싶은 사람들은 얼굴마저 뽁뽁이로 감고 다닐 이른바 '뽁뽁이의 시대'가 온다 하였으나, 역시 그가 에어캡 사업에 투신한 이유는 실로 단순한 것이었다.

"세상에 터트려 죽일 놈이 너무 많다!"

그러나 선량한 시민들이 그 모든 놈들을 터뜨려 죽일 수는 없기에, 아무래도 한계비용이 높은 일(즉, 살인이나 청부 살인으로 감방에 가는 것)보다는 대체재를 찾을 것(즉, 에어캡을 터트릴 것)이라 확신을 가졌기 때문이었다. 그러나 이 역시 그 후에 펼쳐질 방석 사업(깔아뭉갤 놈이 많다!), 절구 사업(찧어 빻을 놈이 많다!), 빗자루 사업(쓸어 버릴 놈이 많다!) 등의 기나긴 실패담에 사소한 경력 한 줄을 덧붙이는 일밖에 되지 않았다. 실제로 뽁뽁이 사업의 실패로 어린 시절 집 바닥이 재고로 가득 찼을 때, 울분에 못 이겨 누운 채로 바닥을 주먹으로 치며 몸을 튕기자 경쾌한 '뽁/ 뽁/ 뽁/ 뽁' 소리가 집 안에 가득하여, 이리 돌아도 뽁♪ 저리 돌아도 뽁♬ 음악처럼 이리 뽁♩ 저리 뽁♪ 했으니, 그의 말대로 적어도 집 안에만은 '뽁뽁이의 세상'이요, '뽁뽁이의 시대'가 도래했음이 틀림없었다.

물론, 그가 건달 특유의 와일드함으로 시작한 유흥음식점, 모텔, 파친코 등의 사업에서는 성공을 거두었으나, 그는 남이 장군의 직계 후손이자, 세력가, 학자, 장군을 겨울날 함박눈처럼 배출시켜 오고, 대대로 문무를 겸비한 인재를 출생·성장·배출시켜 온 외령 남씨의 후손으로서 이를 마뜩잖게 여겼다. 게다가, 근대에 이르러서는 증조할아버지가 고종 집에서 하숙을 했다는 내력까지 있지 않은가! 그런고로 그가 유일하게 성공으로 여기고 유지해 온 것은 오직 권투 프로모션밖에 없었다.

　이는 지금은 고인이 된 아버지 선배 중 한 명이 한국 복싱 프로모션계의 대부로 자리한 영향이 컸다. 그는 생전에 중요한 시합이 있을 때마다 아버지에게 프로모션을 맡겼고, 그 바람에 아버지는 복싱 프로모션계에서 주요한 자리를 차지해 왔다. 그러나 복싱이라는 종목 자체가 거의 멸종 직전이었으니, 이 또한 합법적인 테두리 안에서 언제까지 지속할 수 있을지는 의문이었다.

　여하튼 이런 연유로 아버지 주변에는 복싱 선수들이 넘쳐 났다. 공평수도 그중 한 명이다. 공평수는 아버지가 관계했던 복싱 선수 중 가장 무능한 전적을 자랑하는 선수로서, 1984년 WBA 밴텀급 세계 챔피언으로 등극한 후

단 한 차례의 방어도 성공하지 못하고 은퇴를 했다.

　이도 석연찮은 구석이 많은데, 그가 단 한 차례의 방어도 성공하지 못한 것은 일차적으로 그가 방어전에서 모두 졌기 때문이고, 이차적으로는 그가 방어전을 한 번밖에 하지 않았기 때문이다. 말하자면 그는 단 한 번의 방어전에서 졌고, 곧장 은퇴를 했다. 나는 삼촌이라 불리는 정신병자이자 전 세계 챔피언이자 배니 애호가인 공평수기 이떠한 이유로 은퇴를 했는지 몰랐고, 사실 관심도 없었다. 그러므로 당시의 나는 ─ 모든 인간이 그러하듯 ─ 훗날 내가 마주할 일에 대해 실낱만큼의 짐작도 하지 못했다.

　아버지는 지금 양정팔이란 선수를 밀어주고 있는데, 이는 어디까지나 그의 이름이 단순히 WBA 슈퍼 미들급 챔피언 박종팔과 비슷하다는 이유에서다. 그도 그럴 것이 일단 선수들은 양정팔이라는 이름을 들으면, 누구나 무쇠주먹 박종팔을 연상했으며, 그 인상은 영화 「록키 4」에서 실베스터 스탤론의 오금을 저리게 했던 돌프 룬드그렌의 오금을 저리게 할 정도였다. 포스터에 인쇄된 양정팔이란 이름과 사진만으로도 이미 100전 전승의 이미지를 주기에 충분했으나, 실제로는 3전 전패라는 초라하다 못해 듣기에도 민망한 전적을 가지고 있었으니, 나는 아버지가 왜 저런 선수를 밀어주는지 도무지 이해할 수 없었다. 게다가 지금 시대에 복싱이라니. 내가 알기에 지금 복싱을 보는 사람들은 세 부류밖에 없다. 복싱을 하는 선수와 선수에게 물을 주는 트레이너, 그리고 선수의 눈치를 보는 가족. 역시 내가 알기에 복싱과 디라노사우르스에센 공통점이 있는데, 그건 한때 그 영향력이 온 땅을 뒤흔들었으나 지금은 멸종해 버렸다는 것이다. 그러므로 아직도 복싱 운운하는 아버지를 이해할 수 없었을뿐더러, 그중에서도 3전 전패인 선수를 밀어주는 것은 더욱 이해할 수 없는 일이었다.

라운드 4

이름: 공평수(公平修)

출생: 1958년 7월 7일

키: 154.7cm

전적: 26전 22승 2무 2패(8KO)

스타일: 라이트 복서

타이틀: WBA 밴텀급(1984년)

특이 사항:『기네스북』등재 최단신 세계 챔피언

가족 사항: 아내 정미라(≪선데이 서울≫ 모델 출신, 키 164cm)

딸 공연수(1988년생, 의상 디자인 전공의 대학 졸업반)

나는 이 쪽지를 잠자코 바라보았다.

쪽지를 건네준 남자의 키는 190cm가 넘는 것 같았다. 그렇기에 공평수와 함께 서 있다면 기묘한 콤비를 이룰 것 같았다. 둘은 신장 탓에 전적으로 대비돼 보였다. 말하자면 뚱뚱이와 홀쭉이의 앙훈·양석천 콤비나 80년대 미국 희극 「블루스 브라더스」의 존 벨루시·댄 애크로이드, 김국진·김용만, 이봉걸·김병만, 아니면 최홍만·이수근, 유인촌·강기갑, 아니면 뉴데일리와 오마이뉴스 (아, 이건 아닌가? 어쨌든 그런) 조합의 분위기를 풍겼다. 한마디로, 완전히 이질적이었다. 하지만 그렇다 해서 완전히 배격할 수는 없는 — 이건 뭐 한쪽이 있기 때문에 반대쪽이 존재할 수 있거나, 그 가치를 생각해 볼 수 있는…… 그렇다면 이것은 라이벌이 아니라, 상생의 조건이 아닌가. 아니 그럼 이게 거 뭐, 다 짜고 치는 고스톱인가! 하는 — 의구심과 공감을 사게 만드는 조합이었다.

거구의 사나이는 검은 반팔 티셔츠를 입고 있었다. 검은색 옷이 사람을 날씬해 보이게 하는 데 반해, 사나이의 셔츠는 축 처진 가슴과 퍼져 버린 배를 그대로 드러내고 있었다. 게다가 머리카락을 하나도 남김없이 밀어 버린 탓에, 마치 미 남부에서 인종차별을 일삼고 배운 거라고는 폭력이요, 취미라고는 음주·고성방가밖에 없고, 하루

종일 뜨거운 햇볕 아래 노동을 해 목뒤가 뻘겋게 그을려, 이젠 아예 그 일군의 유형을 지칭하는 용어까지 생긴 '레드넥(Red neck)'을 연상케 했다. 나는 보자마자 '이건 한국판 스티브 오스틴*이 아닌가!' 생각했다. 머리카락이 전혀 없는데 커다란 레이밴 선글라스를 끼고 있으니, 그 색안경은 마치 남극에 덩그러니 지어진 집 한 채처럼 강조돼 보였다.

이 거구의 이름은 지금도 모르겠지만, 모두가 그를 '헤드'라 불렀다. 원래는 '헤드글라스'였는데, 그것이 스킨헤드와 선글라스의 합성어인지, 아니면 헤라클라스를 살짝 바꾼 건지는 알 수 없었다. 아무튼 줄여서 헤드라 불렀고, 간혹 대가리라 부르는 사람도 있었다. 놀라운 건 헤드라 듣는 순간, 내 직감이 나도 모르게 고개를 끄덕이게 만들었다는 것이다. 내가 도착했을 때 헤드는 이질적이게도, 아리스토텔레스의 『수사학』을 펼쳐 놓고 있었다. 그러나 선글라스를 낀 채 『수사학』을 펼쳐 놓고 있었으므로, 그

---

* 미 프로레슬링 WWE 전 챔피언. 민머리에 항상 검은 셔츠를 즐겨 입는 레드넥들의 표상이자, 영웅이다. 남부의 영웅이라는 것을 방증하듯, 그 이름부터 당당하게 텍사스의 주도(州都)인 오스틴(Austin)이다. 별명 또한 '스톤 콜드(stone cold)'라 자신의 머리가 '돌'이라는 것을 알리고 있다.

가 정말 책을 읽고 있었는지 아니면 그 검은 장막 안에서 다른 곳을 흘끗거리고 있었는지는 알 수 없었다. 나로서는 후자 쪽을 믿는 것이 덜 혼란스러울 법했다. 그러나 그가 책을 펼쳐 놓은 자리 옆에는 무슨 영문인지, 플라톤의 『국가론』, 헤겔의 『변증법』, 마르크스의 『자본론』이 차례대로 쌓여 있었다. 역시 무슨 영문인지 『성경전서』와 『코란』, 『바가바드기타』, 『우파니샤드』, 『마하바라타』, 『라마야나』, 그리고 『2000원으로 밥상 차리기』가 있었다. 『우파니샤드』란 책에는 '궁극적 진리에 이르는 길'이란 부제가 쓰여 있었다.

헤드는 공평수가 급한 일로 자리를 비우게 되어 대신 몹시 미안하게 됐습니다, 라며 필요 이상의 미안한 표정으로 말했다. 첫날에는 키가 154cm밖에 안 되는 공평수가 앉아 있어서 눈치채지 못했지만, 이 거구의 사나이가 서 있는 걸 보니 사무실이 상당히 좁게 느껴졌다. 그런 채로 쪽지에 적힌 공평수의 이름을 보니, 공평하게 다스리란 뜻의 이름이, 왠지 내게는 '삶에 주어진 평수(坪數)가 하나도 없다'는 뜻으로 읽혔다.

내가 여기에 와 있는 이유는 연지 아버지가 말씀하신 2000만 원 때문이다.

처음엔 물론 희태 형에게 원고료를 올려 줄 수 없느냐고 물었다. 원고료가 어느 날 갑자기 1000만 원대로 용솟음칠 리는 없고, 그냥 지푸라기라도 잡는 심정으로 물었다. 역시나 나의 유일한 고등학교 선배이자 친구이자 동시에 현재 내 생계의 유일한 희망인 희태 형은, 당연히 그럴 수 없다고 했다. 나는 "그렇다면 원고를 펑크 낼 생각은 전혀 없으며, 몹시 절박하니 원고료 6개월 치를 미리 줄 수 있겠느냐?"고 물었고, 물론 자초지종을 늘어놓았고, 그래도 뭔가 아쉬워 석 달 안에 구하지 못하면 나는 파경이라는 과장까지 덧붙였다. 엄밀히 말하자면, 석 달이란 기간은 과장이지만, 돈을 못 구하면 파경이다. 절반은 사실이다. 그제야 희태 형은 6개월 치는 무리지만 3개월 치 원고료에 "옛정을 생각해서 얹어 준다"는 무슨 삼류 연속극에서나 봤을 법한 대사를 남발하며, 사비 20만 원을 보태 200만 원을 만들어 줬다. 나는 "아니, 우리 사이에 무슨…… 옛정이 있기나 했느냐?"고 반문하고 싶었지만, 일단은 돈이 궁했기에, 모른 척 받았다. 우여곡절 끝에 200만 원을 받고 보니, 1800만 원이란 거대한 숫자가 비어 있었다. 소설집 계약금을 받고, 여기저기서 200 정도 융통한다 해도 최소한 목돈 1500만 원은 필요했다.

어쩐지…… 이상하게도 공평수가 떠올랐다.

도저히 희망이 될 수 없는 그 이름이 떠오른 것에 대해 나는 내 뇌의 연상 작용에 심한 실망을 느끼며, 수화기를 들었다. 자초지종을 말해 봐야 이해해 줄 것 같지도 않아서, 나는 일단 허풍부터 쳤다.

"생각해 보니까, 삼촌과 같은 챔피언의 인생은 그 속에 담긴 눈물과 웃음, 성공과 좌절, 추락과 극복의 역사가 워낙 감동적이라 최소 200자 원고지 1500매 정도는 써야 할 것 같아요. 그래야 독자들이 챔피언의 인생을 공감하죠. 쿠바의 혁명 영웅 『체 게바라 평전』도 그 정도 분량은 돼요……."

수화기 너머엔 침묵뿐이었다. 긍정인지 부정인지 감조차 잡히지 않았다. 나는 감금당한 사람이 뻔히 잠겨 있는 줄 알면서도 '혹시……?' 하는 심정으로 발로 문을 차듯, 말했다.

"마음 같아선 제 혼이 무너져라 더 쓰고 싶은데, 독자들을 생각해 그 정도에서 끝내야겠더라고요."

이렇게 일단은 아쉬움을 가득 담아 말한 뒤, "아, 잊을 뻔했네요. 작가 원고료는 보통, 200자 원고지 1매당 만 원

인데, 1500매를 쓰면 1500만 원이 되네요"라고 별 대수롭
지 않다는 식으로 말했지만, 당연히, 이것이 전화를 건 목
적이었다.

그러자, 공평수는 의외로 기다렸다는 듯이 말했다.

"하하하, 조카. 물론이지! 잘 생각했어. 조카는 그냥 잘
쓰기만 하면 돼. 그 정도는 내가 당연히 풀코스로 준비해
놨지."

물론 파동 에너지 스티커 따위나 팔고 있는 공평수에
게 그런 거금이 있으리란 확신이 들진 않았지만, 일단은
사정이 궁했으므로 잠자코 들었다.

"조카, 오늘 사무실로 오면 돼. 바로 시작하자고. 내가
자료를 줄게."
라고 해서 왔는데, 삼촌이라 불리는 공평수는 없고, 거구
의 사나이만 있다.

그리고 그가 내게 건네준 정보란 게 결국 손바닥만 한
이 쪽지 한 장뿐이다.

약속을 해 놓고 갑자기 사라져 버린 삼촌이라 불리는
작자와 정체가 불분명한 헤드를 믿고서 과연 자서전을 써
야 하나 싶었다. 게다가 공평수와 나는 정확한 액수조차
정하지 않았다. 그저 "그 정도는 풀코스로 준비해 놨지"

라는 말만 듣고 이곳에 왔을 뿐이다. 그 말은 "1500만 원이 있다"거나, "1500만 원을 줄 수 있다"와는 전혀 차원이 다른 문제다.

내가 품은 의심은 다음과 같다.

1) '파동 에너지 스티커'를 1500만 원어치 줄지도 모른다.

2) '천오백만'이라는 놈, 즉 '천'과 '오'를 성으로 함께 쓰는 '백만'이를 잡아다 줄지도 모른다.

3) 그가 "당연히 풀코스로 준비해 놨다"는 것이 어쩌면 룸살롱일지도 모른다.

머릿속엔 공평수가 후배들이 하는 룸살롱 중의 하나를 섭외하러 다니는 풍경이 떠올랐다. 연이어 어느 영화에서 보았던 감금당한 작가가 암흑가 두목의 자서전을 쓰며 고통을 겪는 장면이 떠올랐고, 「미저리」에서 감금당한 제임스 칸이 탈출을 꾀하다가 잡혀서 절규하는 장면이 떠올랐고, 마지막으로 의자에 묶인 내가 손만 겨우 움직일 수 있는 상태로 타이핑을 하는 장면이 떠올랐다. 지금이라도 사무실을 나가는 게 낫겠다 싶었는데, 갑자기 '도대체 이 사람은 무슨 생각으로 별 볼일 없는 자서전에 1500만 원씩이나 쓰겠다는 걸까?'라는 생각이 들었다.

전직 대통령도 아니고, 한류 스타도 아니고, 한물간 복서가 이렇게 큰돈을 쓰겠다는 것은 분명 사기를 치겠다는 것 아니면, 세상 물정을 전혀 모른다는 이야기다. 물론 사정이야 낱낱이 말했지만, 그래도 어느 누가 이 정도 거금을 내고 자서전을 맡긴단 말인가.

그런데 헤드를 보고 어리둥절해서 그랬지, 정신을 차리고 생각해 보니 삼촌이라 불리는 공평수가 나를 속일 수는 없는 노릇이었다. 내게는 아버지가 있지 않은가.

그러니까, 주먹계의 전설인 동시에 정신병자이자 전 세계 챔피언이자 매미 애호가인 공평수가 큰 형님으로 모시고 있는 바로 그 아버지 말이다.

공평수는 출판계의 물정을 전혀 모르는 사람이었다. 내가 허풍 친 것을 그저 "조카 삼촌 사이지만, 아무리 못 주셔도 업계 평균상 이 정도는 주셔야 쓸 수 있습니다" 정도로 알아들은 것이다. 순간 "머리를 많이 맞아서 두뇌 회전이 잘 안 된다"라는 아버지의 말이 떠올랐다. 미안한 마음이 들긴 했지만, 본인이 "그 정도는 생각하고 있었다"니 모른 척하기로 했다.

공평수가 과연 그 돈을 가지고 있을지 없을지에 대해서도 더 이상 생각 않기로 했다. 그건 내가 걱정할 바도,

상관할 바도 아니다. 그가 어디 가서 돈을 훔쳐 오든 빼앗아 오든, 나는 그저 받아 가기만 하면 끝이다.

저번에 만나 보았던 전 세계 챔피언 정영구, 그는 대리 운전을 하고 있었다. 홍병수는 술집에 돈 많은 손님들을 끌어들여 매상을 올려 주고, 마담으로부터 매상의 일부를 받는 '개평 생활'을 하고 있었다. 우리의 공평수는 고맙게도 가장 드라마틱해서, 뇌에 손상을 많이 입고 지금 반쯤 정신병자가 되어 매미 타령하며 지내고 있다. 나는 결심하고야 말았다. 공평수가 앞으로 어떤 식으로 인생을 포장하든 말든, 자서전의 주제는 명확히 정해졌다.

몰락한 세계 챔피언의 처절한 말로.

뇌에 손상을 입어 비참하게 살아가고 있는 공평수와 주변 인물들의 흥망성쇠.

한 여자 배우의 성적 고백을 다룬 충격 에세이가 베스트셀러가 되고, 학력 위조로 사회적 파문을 일으켰던 전직 여교수의 고백록 역시 전국 서점가를 대강타한 사건들을 되새겨 보면 최소 10만 부 정도는 거뜬하겠다 싶었다. 게다가 헤드의 이야기를 듣다 알게 된 사실인데, 공평수는 한때 약물에도 빠졌던 것 같다. 나도 알고 있다. 사람들은 이런 책을 멸시하고 깔본다는 것을. 하지만 이런 책들이 매번 베스트셀러가 되는 것은, 결국 겉으론 능멸하면서 속으론 타인의 몰락에 흥분하는 사람들이 있기 때문이다. 아마 그들이 가장 먼저 지갑을 열었으리라. '이제 공평수가 세상이 기다리고 있는 '추락한 삶의 대명사'가 돼 줄 것이다.' 그렇게 생각하니, 가슴 한편에 텁텁하고 불편한 기운이 내려앉았다. 하지만 개의치 않기로 했다.

어차피 내 이름은 책에 안 넣을 거니까.

라운드 5

"그러니까 눈을 찌르셨단 말이죠?"

자서전을 쓰기로 하고, 첫 인터뷰를 하는 날부터 이 인간의 실체가 밝혀지는 것 같았다.

공평수가 WBA 챔피언으로 등극하는 날, 그는 일본의 마쓰자카와 12라운드까지 가는 대접전을 펼쳤다. 한일 양국을 대표하는 두 선수는 이미 죽음이 코앞에 다다른 듯 탈진한 상태였으나, 불굴의 의지를 가진 공평수는 생에 대한 강한 열망으로 스텝이 엉키는 상황에서도 끝까지 주먹을 날렸다(고 그가 말했다). 그러나 백전노장 마쓰자카 또한 결코 만만치 않은 상대였으니, 그 역시 쓰러질 듯 쓰러지지 않으며 끝까지 반격했다(고 역사는 말했다). 심판과 중계진, 전문가와 관중 모두 시합이 판정으로 결정되겠다고 생각했으나, 길게 끌었던 승부는 공평수의 일격에 갑작스레 끝나고 말았다. 그 일격에 마쓰자카는 맥없이 쓰러졌으며, 격전이 허무하게 끝나 울분에 찼는지 카운트 종료 후에도 그의 눈에선 피눈물이 멈추지 않았다. 때는 일천구백팔십사 년, 당시만 하더라도 스포츠에 역사를 끌어들여 해석하려 했던 이들이 많았으니, 언론은 앞다투어 "한반도가 흘린 피눈물, 주먹으로 열도에 되갚았다!"라고 공평수를 치켜세웠다. 예상했겠지만, 물론 그 실상은 세상에 알려진 바와 달랐다. 원래 복싱 선수라면 상대의 부상을 방지하기 위해 글러브의 엄지손가락 부분을 꿰매 놓아야 하는 법. 그러나 공평수는 헤드에게 도저히 답답해서 시합을 할 수 없다며, 투정 · 불평 · 엄살을 끈질기게 늘어놓았으니, 결국 지쳐 버린 헤드가 엄지손가락 부분을 몰래 끊어 준 것이다. 어찌 됐든 공평수의 표현에 의하면, 스포츠 정신에 입각하여 광대뼈를 겨냥해 일격을 날렸으나, 마침 타깃을 적중할 수 없을 정도로 지친 상태라 주먹이 눈으로 어긋나갔고, 역시 몹시 지친 상태라 무의식중에 엄지손가락이 펴지고 말았다고 했다. 결국, 이를 전혀 예상 못한 마쓰자카는 프로 선수가 대놓고 엄지로 눈을 찔렀다는 당혹감과 충격, 그리고 그 고통으로 인해 그만 쓰러지고 말았다. 마쓰자카는 눈이 찔렸다는 억울함과, 가슴 한편으로는 자신도 남의 머리 위에 서기 위해 남들을 밟아야 했던 기억, 그리고 과연 이것이 한평생 경쟁하며 산 사람의 말로인가 하는 허무함, 동시에 이제는 다 끝났다는 안도감이 뒤섞인 눈물을 끊임없이 흘렸으니, 그가 흘린 피보다 눈물이 더 많았던지 그의 피눈물은 연한 붉은색 물감처럼 애달프고도 아름답게 링 위를 적셨다. 눈물이 가진 정화의 힘 탓인지, 그는 비록 패자였으나 비로소 해방이라는 편안함을 느꼈으니, 그 눈물은 어찌 보면 강물처럼 평화롭게 보였다. 그래서였을까. 훗날 사람들은 마쓰자카의 눈물을 장미의 눈물이라 일컬으며, 기억하곤 했다.

어찌 됐든! 공평수는 자신의 입으로는 실수라 했으나, 그도 인간과 인간의 경쟁이 이론처럼 합리적이고 아름다울 수만은 없다는 것을 인정한 걸까. 그는 문득 이런 질문을 했다.

──설마 한평생 바닥에서 바둥댄 녀석이 똑바로 일어서려 할 때, 자기 능력만으로 가능할 거라 생각하는 건 아니겠지?

그러고선 공평수는 이제 아예 눈 찌르기가 일종의 전략이라는 것을 시인한 듯, 대놓고 첫 방어전 이야기를 늘어놓았다. 이번 상대는 멕시코의 수크레. 공평수는 이번에도 난타전을 펼치다, 시합이 12회까지 결정 나지 않자 예의 그 안구 공격 전략을 쓰기로 작정했는데, 이때 도저히 참다못한 정의의 신이 수크레의 뒷목을 잡아당겼는지 눈을 향했던 공평수의 엄지손가락은 그만 돌보다 단단한 수크레의 이마에 빗맞았고, 그 즉시 공평수의 손가락은 부러졌다. 당연히 속사정을 말할 수 없는 공평수는 손가락이 부러진 채 시합에 임했다. 더 이상 때릴 수 없는 그는 흠씬 두드려 맞기만 하다 챔피언 벨트를 빼앗기고 말았다. 결국 외딴 시골의 한 동물 병원에서 비밀리에 치료받았으나, 엄지손가락은 뜻대로 펴지지 않았고, 언제 회복될지 기미조차 보이지 않았다. 그는 어쩔 수 없이 은퇴를 하기로 결정했다. 이에 실상을 알 리 없는 프로모터는 갑자기 왜 은퇴를 하느냐고 따지고 설득하고 회유하다, 그래도 안 되자 급기야는 협박과 감금까지 일삼으려 했다.

"아니, 그래서 어쩌신 거예요? 도망이라도 간 거예요?"
"챔피언이 도망을 왜 가? 전화했지, 형님한테. 도와 달라고."

"형님이라면……?"

나는 내 앞에 있는 냉수 한 잔을 들었다.

"누구긴 누구야. 복싱계의 대부, 남강호 형님이지."

그리고 냉수를 그대로 다 마셨다.

복싱계의 대부인 아버지의 말 한마디에 해방의 몸이
된 공평수는 은퇴를 한 후, 1년 정도 아무 일 않고 지냈
다. 술을 마시고, 도박을 하고, 여행을 다녔다. 그러다 밑
천이 떨어지자, 선배들이 그러했듯 그 역시 자신의 이름
을 건 권투 교실을 열었다. 중흥기에 이른 한국 복싱의 열
기를 더욱 가열하고, 후진 양성에 힘써 전 세계를 제패할
챔피언들을 지속적으로 배출한다는 게 그 목표였으나, 실
상은 눈 찌르기, 고환 걷어차기, 상대의 주의를 분산시켜
겨드랑이 간질이기, 뒤를 돌아보게 한 후 우산 끝으로 항
문 찌르기, 손가락으로 콧구멍 쑤시기 등의 비열한 싸움
교실이 그 실체였다. 챔피언이 되기 위해서는 일단 선수
생명을 길게 해야 하고, 그러기 위해서는 챔피언을 시기
하는 건달들로부터 자신을 보호할 수 있는 실전 기술을
연마해야 한다는 게 공평수의 주장이었다. 따라서 체육관
의 공식적인 모토는 후진 양성이었으나, 실제로 권투를
배운 후배나 제자는 없었다. 열댓 명 정도의 중학생들이

체육관 바닥에 일렬로 서 항문을 찌르는 연습을 하거나, 괴물을 본 듯 놀란 표정을 짓다 갑자기 동작을 바꿔 상대 눈동자에 침을 퉤, 뱉는 연습을 하는 게 고작이었다.

권투 교실에 권투를 배우러 오는 사람이 없었으므로 권투 교실은 당연히 싸움 교실이 되었고, 싸움 교실의 제자들은 싸움의 명수답게 공평수에게 수강료를 내는 대신 고환을 걷어차고, 항문을 찌르고, 도망갔다. 공평수는 "녀석들, 역시 실전 능력이 뛰어나단 말이야"라며 껄껄껄 웃었다. 그 웃음소리는 실로 애매하기 짝이 없어 실제로 제자들의 뛰어난 무술 실력에 감탄하여 웃은 것인지, 말해 놓고 보니 멋쩍어서 웃은 것인지 알 수 없었다.

어찌 됐든, 결과는 권투 교실의 몰락이었다. 그는 이대로 몰락할 수 없다며 다시 비상하겠다고 공언했고, 말 그대로 날기 위해 제비가 됐다. 강남으로 간 제비 말이다(당연한 말이지만, 여기서 '강남'이란 흥부 이야기 속의 제비가 박씨 물고 간 강남이 아니라, 온갖 네온사인이 휘황찬란하게 불타는 강남구를 말한다). 사실 공평수가 세계 챔피언이 될 수 있었던 이유엔 다부진 체구, 강한 펀치와 빠른 잽이 있었지만, 무엇보다도 빠른 발을 빼놓을 수 없다. 이는 모두 공평수의 불우했던 어린 시절에서 기인한 것인데, 그는 외로움이 홍수처럼 밀려오던 성탄절, 고아원에 위문 온

탭댄서의 공연을 보고, 얼굴도 모르는 어머니가 자신을 보듬어 주는 것 같은 위로를 받았다. 탭댄서의 빠른 발이 무대 위 곳곳을 밟을 때마다, 어린 평수의 허망한 가슴이 하나둘씩 채워지는 것 같았다. 평수는 장마철 처마로 떨어지는 빗물처럼 눈물을 흘리며 탭댄스를 연습했다. 탭댄서의 발을 유심히 지켜본 평수는 외로움을 잊기 위해, 허망한 가슴을 달래기 위해, 슬리퍼를 신고 발바닥이 터지도록 연습했다. 그 덕에 공평수의 발은 노홍철의 입보다 정확히 3879배, 아웃사이더의 랩보다 4567배, 철새 정치인들의 당적 이동보다 0.3457배 빨랐다. 이는 훗날 공평수가 그 작은 체구에도 불구하고, 적어도 머리 하나씩은 큰 상대를 기만하듯 요리하는 데 결정적인 무기가 됐다. 아무튼 공평수는 훈련을 하다 지치면 그저 껌 하나 씹는 정도로 탭댄스며, 차차차며, 파쏘도블레며, 쌈바, 룸바, 자이브 등을 춰 댔다.

그러므로, 전 세계 챔피언이자, 전광석화처럼 빠른 발의 소유자이자, 날쌘 스텝의 황제라 불리는 공평수는 당연하게도, 공평수의 댄스 교실을 열었다. 그러나 공평수권투 교실을 통해 건물을 직접 빌려서 후진을 양성하기에는 월세라는 자본주의의 개가 너무나 포악하게 짖어 댄다는 걸 몸소 깨달은 그는, 이번엔 현장에 나가 직접 발로 뛰기로 했다. 물론 후진 양성의 현장은 강남이었고, 두말하면 잔소리지만 교실은 역시 카바레였다. 또 당연한 말이지만 작업복은 칼날처럼 주름 잡힌 줄무늬 양복이었으며, 좌측 상단 포켓에 곱게 접은 와인빛 스카프나 장미꽃 정도는 꽂아 주는 것이 교육에 대한 예의였으며, 신발은 마땅히 유광 백구두였다. 그것은 마치 과부가 가는 데 홀아비가 따라가지 않을 수 없고, 짜장이 볶아지는 데 면발이 뽑히지 않을 수 없고, 바다가 기다리는 데 강태공이 채비를 꾸리지 아니할 수 없는 것과 같은 이치였다. 공평수는 또한 바람이 부니 파도가 치고, 해가 뜨니 날이 밝는다는 식으로 마땅히 올백 머리를 하고 다녔고, 바람이 잔잔한 날엔 파도도 자고, 비가 오는 날엔 해도 모습을 감추는 법이라 하여 간혹 올백 대신 스페인풍 하얀 중절모로 무도인(舞蹈人)으로서의 입성을 갖추었다.

그리하여 공평수는 이때 땀 냄새와 사내들의 거친 숨소리가 가득한 링 위의 세계를 떠났으나, 링 아래의 세계에서도 여전히 다른 의미의 땀 냄새와 사내의 거친 숨소리를 뿜어내며 또 다른 세상에서의 입지를 공고히 다져나갔다. 그때를 회상하며, 혹자는 여심을 흔드는 그의 속도가 마치 전성기 시절 링 위에서의 잽보다 더 빠르다 하였고, 혹자는 상대를 갈아 치우는 그 속도가 전성기 시절 링 위에서의 스텝보다 더 빠르다 하였으니, 달리 보면 진정한 그의 전성기는 링 위에서라기보다 링 아래서였다라고 보는 게 맞을지도 모른다.

전성기야 어찌 됐든, 예로부터 소나기는 금세 마르고, 영웅늘의 호시절은 언제나 짧은 법. 우리의 공평수 역시 제아무리 여심을 바람에 흔들리는 갈대마냥 흔들어 젖히고, 상대를 백화점 시식 코너에서 이 샘플 저 샘플 찔러보듯 갈아 치웠다 해도, 거대한 자연법칙 앞에서는 한낱 무력한 인간이었을 뿐이니, 그 역시 자신의 전성기를 스스로 잘라 내는 우를 범하고야 말았다.

때는 일천구백팔십칠 년, 예의 그 가벼운 몸으로 공평수가 마침내 한 마리 제비가 되어 강남의 푸른 상공에서 자유를 만끽하며 비행을 하던 전성기 시절, 공평수는 교육비 명목으로 현금 일천만 원을 한 중년 여성 '수강생'으로부터 이체 받고 마는데, 그 이체 받은 통장의 흔적이 빌미가 되어 공무원인 중년 여성의 남편이 공평수를 사기꾼으로 몰아 전국을 무대로 쫓고 쫓기는 대추격전이 벌어졌다. 이는 훗날 '무도 교육계'를 능멸한 사건으로 회자되며, 향후 전국 무도계의 별이었던 그가 세간의 냉혹한 시선에 회의를 느껴 은퇴한 계기가 되었으니, 그는 다음과 같은 말을 남기며 무도계를 떠났다.

"수강료를 현금으로 받아 증거를 남기지 말라."

그 후부터 공평수의 격언을 이어받은 강남, 강북, 제천, 증평, 대전, 포항, 진주, 마산, 홍성, 제주의 제비들은 모두 현금 박치기를 고수했으니, 이는 모두 공평수가 이 땅의 무도계에 남긴 성서 같은 교훈인 것이었다.

이렇게 땀 흘리는 복서에서, 복서를 양성(한다고는 했으나 싸움 기술을 전수)하는 스승으로 발걸음을 옮기고, 다시 바람처럼 춤바람을 일으키며 그 인생 항로를 미련 없이 틀어 버린 공평수는 이번에도 또 한 번 새바람을 일으켰으니, 그것은 바로 휴먼 네트워크 사업이었다.

그의 말에 따르면, 그것이야말로 산업화에 목을 매며 인간성을 상실하고 있던 90년대 한국에 다시 온정을 불러일으키고, 끊어진 인간관계를 회복하는 사업이었으니, 그 사업의 요지는 그저 만나고 싶은 사람 만나서 술 한잔 같이하는 것뿐이었으니, 이 얼마나 산뜻하고 따뜻하고 애틋한 사업인가. 공평수는 잃어버린 현대사회의 인간관계를 회복하고자 초등학교 동창, 고아원 동기, 체육관 선후배, 복싱계 원로, 후원하던 기업체 인사, 체육계 선후배, 나아가 연예인 · 정치인 · 학자 · 정부 기관원 등과 번갈아 술잔을 기울이며 "사랑한다"는 말을 매일 밤 해 댔으니, 따뜻한 술잔이 오갈수록 애틋한 정이 쌓이는 날의 연속이었다. 이는 더할 나위 없이 훈훈하고 자유로운 일이었으나, 이 일에도 단 한 가지 제약이 있었으니, 그것은 항상 '황실살롱'에서만 마셔야 한다는 것이었다!

말하자면 그는 황실살롱의 영업 이사인 셈이었는데, 그가 "사랑한다"는 대사를 호흡처럼 내뱉으며 술잔을 기울이면 사실은 현대사회의 고독한 원자에 불과했던 학교 동창, 고아원 동기, 체육관 선후배, 복싱계 원로, 후원 기업체 인사, 체육계 선후배, 나아가 연예인·정치인·학자·정부 기관원들이 정에 목(뿐만 아니라 식도까지)말라 지갑을 열게 되고, 결국 그들이 계산한 술값의 30퍼센트는 공평수의 주머니로 가는 식이었다. 자본주의의 우정이란 그런 것이었다.

그러나 예로부터 '사랑은 주고받는 것', 즉 '기브 앤 테이크'가 아니었던가. 공평수는 사랑을 말로 주고 술로 받았으니, 어느 날 그가 온정을 쌓은 모든 학교 동창, 고아원 동기, 체육관 선후배…… 정부 기관원들에게 자신이 받아먹은 술을 전혀 되갚아 줄 수 없게 되자, '휴먼 네트워크' 사업마저 할 수 없게 됐다. 그도 그럴 것이 사람들은 황실살롱에서 베푼 만큼 돌려받길 원했으나, 그 수준에 맞춰 일일이 술로 되갚는다면 공평수의 간이 견뎌 내지 못함은 물론이거니와, 파산은 물론 생존조차 불가능했기 때문이었다.

그러나 이는 비단 공평수만의 삶이 아니니, 공평수 주변에 있는 무수한 복서들, 즉 한국 챔피언을 비롯한 동양 챔피언, 세계 챔피언들도 이와 비슷한 삶의 여정을 보냈거나, 더 질퍽한 인생 여정을 지나왔으니, 이는 요리 보면 영웅의 추락이요, 조리 보면 한국 복싱의 말로요, 요리조리 보면 운동선수의 씁쓸한 현주소였다.

"대리운전 하는 챔피언도 있어."

나는 말없이 들었다.

"그 형의 꿈은 대리운전 업체 사장이 되는 거래. 다섯 명만 데리고 있으면 사장인데"라고 공평수는 껌을 짝짝 씹으며 말했다.

아무리 많이 맞았다고 하지만, 도대체 저 인간의 뇌는 어떤 식으로 작동하는 것일까. 공평수는 나의 이러한 생각에도 아랑곳 않고, 아니 어쩌면 감조차 잡지 못하고, 과거의 복싱 영웅 중 꽤 많은 사람들이 대리운전 기사, 트럭 운전사, 버스 운전기사로 지내고 있고, 몇몇은 기술을 배워 도배장이나 미장이로 지낸다고 했고, 또 몇몇은 알코올중독, 폐인, 혹은 약에 전 약쟁이로 지낸다고 했다. 올해 마다가스카르의 물가 상승률이 0.7퍼센트래, 혹은 라이베리아의 아무개가 감기 걸렸대, 라는 투로 공평수는 이야기했다.

나는 "지금은 엄지손가락 괜찮으세요?"라고 물었다. 문득 그의 인생에 대한 연민과 건강에 대한 염려, 몰락한 챔피언에 대한 동정으로 인해 내 가슴 깊은 곳에 나도 모르게 남아 있던 인류애적 샘에서 뭉클하게 솟아난 질문은 아니었고, 할 말이 없었기 때문이었다.

"물론이지. 타이슨 눈이라도 제대로 찌를 수 있어." 그가 대답했다.

침묵이 흘렀고, 창 너머로 실려 오는 배달 오토바이의 모터 소리만이 희미하게 우리 사이를 채웠다. 오토바이 소리가 완전히 사라졌을 즈음, 그가 입을 뗐다.

"내가 제일 나아."

"초능력이요?"

나는 그저 웃자고 이렇게 반문을 했다. 그런데 그가 몹시 진지한 표정으로 내 눈을 약 1분 동안 뚫어지게 노려보더니, 무겁게 입을 떼었다.

"당연하지."

역시 당연하다는 듯 침묵이 흘렀다.

"나는 지금 조카 찻잔에 있는 유자차를 금방 식게 할 수 있어"라고 말하더니 그는 미간에 힘을 잔뜩 주고, 찻

잔을 뚫어지게 노려보았다. 눈동자는 떨리기 시작했고, 이마엔 땀이 송골송골 맺혔다. 목뼈까지 흔들렸고, 삼사 분 정도의 시간이 지나자 숨을 턱, 몰아 내뱉으며 말했다.

"됐어. 이제 마셔 봐."

역시나, 완벽히 식어 있었다. 호흡이 가빠졌다. 나는 진정하기 위해 내 앞에 있는 냉수를 또 한 잔 그대로 마셔 버렸다. 남김없이 마셨다. 그러고도 진정이 되지 않아, 숨을 가쁘게 몰아쉬었다.

'어쩌면 엄청난 책이 될지도 모르겠다.' 이건 진정한 충격이었다.

뇌 손상을 입은 권투 선수들의 실상과 비참한 생활상! 이거다.

그가 내게 유자차를 준 건 두 시간 전의 일이기 때문이었다.

*

한편, 후일담이긴 하지만, 헤드의 증언에 의한 공평수의 실력은 이러했다.

이번엔 때가 바야흐로, 일천구백칠십구 년.

공평수가 체육관을 제 발로 처음 찾아왔을 때, 당시 동아체육관의 관장은 그의 눈빛을 보고 뭔가 하늘에서 내려온 빛 같은 것을 보고 말았다고 했다.

천애고아 공평수는 그때 겨우 스물을 넘겼지만, 그야말로 빈궁하천, 백고천난, 신수지로, 악전고투의 생을 거쳐 온지라, 그 눈빛에서 또래에게선 발견할 수 없는 세상에 대한 증오와 불신, 체념, 아울러 오로지 믿을 것이라고는 자신의 주먹밖에 없다는 일종의 신앙 같은 투지가 보였다고 했다. 그 눈빛을 보는 순간 샌드백을 치고 있던 세 명의 훈련생들과 줄넘기를 하던 다섯 명의 예비 선수들이 무릎에 힘이 빠져 동시에 쓰러지고 말았다. 후배들이 갑자기 쓰러지자 링 위에 있던 스파링 파트너 김 아무개는 무엔가 싶어 고개를 돌려 공평수를 쳐다보았다. 그의 시선과 공평수의 시선이 허공에서 X자로 교차하는 순간, 스파링 파트너 김 아무개의 무릎에서 힘이 빠짐은 물론이거니와, 한국 챔피언은 기본, 동양 챔피언은 옵션, 세계 챔피언은 취미로 스파링을 해 온 스파링 8년차 김 아무개는 그만 오줌을 싸 버리고 말았다. 이 때문에 일순 체육관 안에는 쓰러진 장정이 여덟 명, 오줌을 싼 체육인이 한 명,

역시 후들거리는 다리로 그 광경을 지켜봐야 했던 한국 챔피언이 한 명, 아울러 이 기현상을 어찌 해석해야 할지 알 길이 없었던 체육관장이 실내를 잠식한 공포와 새로운 역사의 기운에 잔뜩 눌려 있었다. 당시 한국 복싱계를 주름잡았던, 아니 아시아의 맹호라 불릴 만한 복싱계의 메카였던 동아체육관장은 오컬트적인 접신의 기운에 홀려 공평수를 링 위로 올려 보냈다. 이미 스파링 8년차 김 아무개는 서둘러 자신의 오줌을 대걸레로 훔치기에 여념이 없었고, 스파링을 하던 한국 챔피언 안 아무개는 초대형 선풍기 앞에서 나풀거리는 A4지처럼 흔들거리는 자신의 다리를 두 손으로 부여잡기에 여념이 없었다.

공평수는 예의 그 무심하고 체념 서린 눈빛으로 10년째 매일 입어 온 기지 바지에 글러브만 낀 채 링에 올라갔으니, 왜 슈즈를 신지 않느냐는 관장의 질문에 이렇게 대답했다.

── 맨발로 살아온 맨몸뚱이 인생, 이게 더 편합니다.

공평수는 그 말이 「맨발의 청춘」에 나오는 신성일의 대사처럼 멋있을 거라 생각했으나, 실상 자신도 무슨 말을 하는지 제대로 몰랐으므로(작가도 모른다!) 그 뜻은 오늘날까지 갖가지 상상이 기생해 무수한 영웅적 해석을 낳을 뿐이었다. 알 수 없는 말 탓인지, 관장은 그 다부진 체구에서 뿜어져 나오는 오컬트적인 기운에 더욱 휩싸여 아무 대답도 못한 채 그냥 멀뚱멀뚱 서 있을 수밖에 없었다.

링 위에 올라선 공평수의 검은 맨발이 어찌나 빨리, 그리고 많이도 움직였는지 1라운드가 끝나자 링 위는 공평수의 검은 발자국으로 가득 채워졌고, 한국 챔피언은 그저 링 한가운데서 자리만 지킨 채 식은땀을 폭포수처럼 흘리고 있었다. 2라운드가 시작되자마자, 공평수는 작심했다는 듯이 안 아무개의 신체 부위 아무 곳이나 아무렇지도 않게 무차별 폭격을 시도했으니, 안 아무개는 아무개가 아니라는 것을 증명할 틈도 없이 그저 맥없이 쓰러지고야 말았다.

이를 눈여겨본 관장은 비록 신장은 작으나, 현기증 날 정도로 빠른 공평수의 움직임을 보고 그가 훗날 세계 챔피언이 될 것을 의심하지 않았다. 아니나 다를까, 관장은 공평수의 빠른 발을 주무기로 훈련을 시켰고, 그의 빠른 발은 더 훗날 무도계를 평정할 주무기가 되었다. 산이 뒤집어지고, 천지가 개벽할 실력을 지녔음에도 불구하고 그는 5년 후에야 세계 챔피언이 되는데, 기실 이는 모두 겁에 질려 그와 스파링 할 상대가 없었기 때문이다. 아무리 뛰어난 선수라도 허구한 날 샌드백만 치며 훈련할 수는 없는 노릇인데, 공평수와 스파링을 붙여 놓으면 링 위에 오르기도 전에 오줌을 싸는 녀석이 스무 명, 구토를 하는 녀석이 서른 명, 대놓고 통곡을 하는 녀석이 마흔 명에 이르렀으니, 어찌 보면 5년 만에 세계 챔피언이 된 것도 다행이라면 다행이었다. 놀라운 것은 그 기간 동안 스파링을 한 경험이 전무했으며, 모든 경기 경험 오로지 실전 경험밖에 없었으니, 이는 공식적으로 알려지지 않은 진기한 기록 중의 대기록이었다.

라고 헤드는 몹시 진지한 표정으로 수사학을 설명하는 아리스토텔레스처럼 말했다. 그 표정이 어찌나 진지한지 찌푸린 미간으로는 나무젓가락이 집히고, 힘준 동공은 튀어나와 길에 굴러다닐 지경이었다. 나는 놀라서 그에게 반문하지 않을 수 없었다.

"진짜예요?" "물론이지요!" 그는 외모에 어울리지 않게 여전히 내게 존댓말을 썼다. "보셨어요?" "안타깝게도 못 봤습니다." "그럼, 듣기만 하신 거예요?" "그렇습니다. 하지만 저의 귀는 그리니치 천문대보다 정확합니다. 매일 오전 6시, 정오, 오후 6시에 3분씩 귀지도 팝니다." "아니, 그게 아니라." "염려 마십시오. 한 번 들은 건 결코 잊지 않습니다. 추리력도 뛰어납니다." "아니, 그게 아니라."

"실은 복싱을 시작한 것도, 탐정이 되려면 제 몸 정도는 지킬 줄 알아야 한다기에……." 나는 말을 잽싸게 끊고 물었다.

"네? 아저씨도 선수 생활 하셨어요?"

"물론이지요. 웬만한 핵 주먹도 이 바위 머리에 부딪히면 닭 뼈처럼 부러져 버렸습니다. 다들 비명을 지르고, 글러브 안에서 닭 뼈 흔들리는 소리가 깨진 유리창처럼 링위에 울려 퍼지고……."

아뿔싸!

머리를 많이 맞은 사람 이야기를 끝까지 들은 내가 잘못이다.

라운드 6

"좋은 걸 틀어 보지."

"네, 그러세요"라고 학생이 말했다.

부인이 플레이 버튼을 누르자 갑자기 가게 안에 핀란드 습식 사우나보다 끈적끈적한 성인 남녀의 신음 소리가 가득 퍼졌다.

"아…… 아니, 이건"이라고 학생이 입을 떼고 반문했다. "오, 전 음악 같은 걸 틀 줄 알았어요!"

"이게 내겐 음악인걸"이라고 대답하며 윗옷의 지퍼를 내리자 순식간에 나체가 드러났다.

학생은 놀라서 "아…… 아니, 이건"이라고 입을 떼고 반문했다. "전 이런 건 처음이에요."

"아니, 집에서 엄마가 옷 갈아입는 것도 본 적 없어?"
라고 여사장이 된 나체의 소희는 아르바이트 학생의 그것
을 뜨겁게 움켜잡았다.

마감에 살고 마감에 죽는, 뮤자 납품 일인 노동자라는
것을 실감하며, 오늘도 희태 형과의 합작 프로젝트 '야설
문학 극장'의 주인공 소희의 옷을 벗겨 냈다. 넉 달간 연
재를 하며 소희의 옷을 벗겨 낸 방식은 실로 다양했다.

처음에는 당연히 샤워를 하겠다고 옷을 벗고 뜨거운
물을 틀었을 때, 뜨끈하게 달궈진 샤워기의 뭉툭한 부분
에 그만 몸을 비비 꼬는 소희로 시작했고,
다음에는 역시 에로 문학계의 고전 수법이라 할 수 있
는 "어머, 오늘 왜 이렇게 더운 거야"라며 셔츠를 들썩이
다가, "아니면 내 몸이 뜨거운 건가"라는 야릇한 대사로
옷을 벗어젖히는 소희, 다음엔 도저히 저세상으로 떠난
남편 생각에 몸을 주체할 수 없어 외출이라도 해야겠다
싶어 온몸을 모두 덮는 롱스커트를 입고 나갔다가 우연히
길 가는 남자의 구둣발에 치맛자락이 밟혀 치마가 훌렁
벗겨져 버리는 소희, 그리고 그 노출 사고가 뜻하지 않은
애정의 출발점이 되어 낮 뜨거운 한낮의 파티로 번져 버

리자 그 욕정의 현장에서 허우적대는 소희, 이런 식으로
마구 벗겨서는 안 되겠다는 심정으로 이번에는 추운 알래
스카로 여행을 보내 옷으로 몸을 꽁꽁 싸매고 다니다가
뜻하지 않은 눈사태로 동굴에 한 남자와 갇히게 되어 어
쩔 수 없이 살기 위해 서로 옷을 벗고 체온으로 몸을 덥히
다가 기운을 차리는 동시에 몸속에 뜨거운 불길이 일어나
는 소희, 아무리 야설이라도 심심하면 벗어젖히는 건 곤
란하지 않느냐는 허위의식에 가득 찬 게시판 글에 영향을
받아 한국의 정치 문제를 지적하며 선거 날 투표하러 갔
다가 그만 투표 도장이 죽기 전 남편의 그것만큼 단단하
고 야무져 보여 또 다리를 꼰 채로 도장 가게에 가서 도장
100개(작은 도장, 큰 도장, 굵은 도장, 결제 일자가 새겨진 큼직
한 도장, 국새에 해당할 만큼 크고 튼튼한 도장…… 그 목적을
차마 작가의 입에 담기 민망한, 아무것도 새기지 않은 그저 오
이만 한 도장)를 사서 노을을 배경으로 행복하게 걸어가는
소희, 남편이 떠나자 이제 할 일이 없어 고등학생들을 대
상으로 공부방을 차렸다가 그만 고등학생과 함께 앉은 앉
은뱅이책상이 들썩거리는 바람에 어쩔 수 없이 학생을 진
정시키기 위해 교육적 목적으로 손을 쓰는 소희, 고등학
생의 미래를 이대로 망칠 수 없다며 극장 청소부로 취직
했으나, 남자 화장실을 청소하다 그만 뭇 남성들의 국부

를 보고 밀대를 꼭 쥔 채 창고로 들어가는 소희, 사무실 여직원으로 취직해 새 삶을 살아 보려 했으나 책상 위에 가득 놓인 풀, 매직, 수정펜이 또 남편의 따스함을 떠올려 곤란에 빠지는 소희…… 등 요상하고 황당하기 그지없는 설정 속으로 나는 여주인공 소히를 몰아넣었고, 희태 형은 기쁠 희 자, 클 태 자를 쓰는 자신의 이름에 걸맞게 역시 크게 기뻐하며 그 가상의 상황 속에 점점 몰입해 갔다. 급기야는 허구와 현실을 혼동하기까지 이르렀는데, 그는 소희의 매력에 너무 빠져든 나머지 이런 말을 했다.

"소희란 이름의 여자를 만나면 반드시 청혼하겠다."

그런 건 불가능하다고 말렸더니, 그는 그 말을 다음과 같이 수정했다.

"그렇다면 딸의 이름을 반드시 소희로 지어, 세계 최고의 매력녀로 만들겠다."

그 말을 듣고 나자 어쩐지 소희라는 여주인공에게 책임감과 죄책감이 느껴져 집필에 속도가 붙지 않았고, 그래서인지 처음에는 마감 일주일 전에 완성했던 원고를 마감 나흘 전, 사흘 전, 이틀 전 식으로 차차 끌기 시작하더니, 급기야 마감이 당장 코앞에 닥친 하루 전까지 원고를 끌게 되었다. 나는 소희라는 여성 캐릭터를 너무 황당무

계한 상황으로 내몰고 있으며, 그건 아무리 생각해도 우리나라에서 가장 명망 있고 전통 있는 순수문학 출판사의 신인상 출신인 내게는 치욕스러운 시간들이었다. 그럴 때마다 어서 재기를 해야겠다고 생각했고, 구상 중인 대하소설을 반드시 써야겠다고 다짐했다.

아, 그간 이야기가 다른 데로 샐까 봐 참고 있었는데, 사실 나는 데뷔하자마자 대하소설을 준비하기 시작했다. 이것이야말로 한국문학은 물론이고 세계문학의 과거와 현재, 미래를 통째로 뒤흔들 만한, 즉 과학 철학자 토마스 쿤의 표현을 빌리자면, 이른바 '패러다임 혁명'이라고밖에 말할 수 없는 대단한 문학적 진보와 발명, 발견과 혁명, 혁신과 개혁을 꾀하는 작품이었는데, 내가 술자리에서 그 대하소설의 아주 미세한 조각이라도 흘리는 날에는 술을 함께 마시던 녀석과 여자아이들이 술을 흘리는 것은 물론, 침을 질질 흘리며, 아니 눈물과 콧물을 줄줄 흘리며 들었으니, 혹자는 침을 흘리며 "이때껏 존재하지도 않았고, 향후로도 존재할 수 없는, 어느 이야기에도 기대지 않은 독특한 구조"라 평했고, 그 옆에서 눈물을 흘리던 다른 혹자는 "마치 엄마의 자궁이 아니라 알에서 태어난 박혁거세와 같은 탄생"이라고 감탄했으며, 역시 그 옆에서 눈물 콧물을 동시에 줄줄 흘리던 또 다른 혹자는 "이 대하소설의 문학적 가치를 알아보지 못하는 자는 문학의 참묘미와 진면목을 맛보지도, 이해하지도, 경험해 보지도 못한 안타까운 자"라고 찬탄했으니, 그 소설은 한국 근대사와 현대사를 관통하는 한 가문의 약 100년에 걸친 고립과 소통, 욕망과 절제, 암투와 음모, 배신과 협잡, 성장과 몰락, 상실과 회복, 자유와 억압, 위대한 탄생, 사랑과 평화, 봄 여름 가을 겨울, 그리고 그 안에 흐르는 인류를 향한 끝없는 화해와 용서의 정신으로 200자 원고지 3만 매 분량으로 집필할 계획이었으니, 그 소설에는 오직 단 한 가지 문제점밖에 없었다.

취재에만 5년이 걸린다.

물론 취재에는 취재 비용이 들어가고, 그러기 위해서는 배우자의 안정적인 내조와 이해, 그리고 지원이 필요하며, 그러기 위해서 나는 연지와 반드시 결혼을 해야 하며, 그러기 위해서는…… 공평수의 자서전부터 써야 한다.

이런 식으로 위대한 문학가의 탄생은 점차 미뤄지는 것이다.

구상 중인 대하소설에 관한 이야기를 쓰자면, 내 방의 벽지를 모두 원고지로 삼아 써도 모자라니 이야기의 전개를 위해 그냥 참겠다. 아무튼, 말했듯이 나는 지금 연지와 반드시 결혼을 해야 하는 절체절명의 운명적 다리 앞에 서 있고, 그 다리를 과감히 건너야 하는데…… 연지의 낌새가 이상하다. 언제부턴가 몸에서 풍기는 향기가 바뀌었고, 나와 통화를 하면 금세 피로를 느끼며 자야겠다고 말을 하기 시작했는데, 그 시간이 처음에는 당연히 밤 11시쯤이었다가, 차츰 밤 10시, 9시, 8시로 당겨지더니 급기야 내 목소리만 들으면 어쩐지 졸린다며 오후 2시에도 쉬어야겠다며 전화를 끊는 상황에 이른 것이다. 게다가 점차 치마의 길이는 짧아지기 시작하여, 나를 처음 만날 때는 내 시선이 엉큼하고 음탕하기 그지없다며 무릎을 덮는 치마를 입고 만났지만, 언제부턴가 ─ 아마 몸에서 풍기는 향기가 바뀌었던 시점이었던 것 같다 ─ 치마 길이가 무릎에 닿더니, 점차 무릎 위로 올라가 허벅지가 보이기 시작하더니, 허벅지를 거의 다 드러내는 것은 물론이거니와, 어느 날 나와 약속이 없는 날 길에서 우연히 만났을 때는 눈가에 검은 화장을 하고 거의 엉덩이만 가릴 만큼 아기 턱받침만 한 치마를 입고 나온 것이다. 나는 어째서 나를 만나는 날에는 이런 옷을 입지 않느냐고 따지고 싶었지만, 연지가 나를 보자마자 금세 몹시도 피곤해진 표정을 지었기에 아무런 말도 할 수 없었다. 그저 연지가 몸에서 풍기는 새로운 향기와 한껏 날씬해진 허리 덕에 걸을 때마다 흔들리며 볼륨이 강조되는 엉덩이를 영혼이 강간당한 기분으로 넋 놓고 바라볼 뿐이었다. 연지의 명품 구두가 콘크리트 바닥을 걸을 때마다 들리는 또각거리는 소리는 돈의 냄새를 강하게 풍겼다. 나는 그때 연지의 몸에서 풍기는 그 향기가 자본에 대한 열망의 산물이라는 걸 깨닫지 못했으며, 그저 연지로부터 전해 받은 열등감과 내 처지의 초라함에 경색되어 상황을 제대로 감지하지 못했다.

그때 즈음, 공평수도 이상한 낌새를 풍겼는데, 나는 그가 워낙 이상한 인물이고, 입만 열면 쓸데없는 허풍과 과장을 일삼기에 그 이야기를 처음 들었을 때는 아무렇지 않게 넘겨 버렸다. 그는 자서전 집필을 위해 인터뷰를 한 날, 자신이 하루 만에 체중 4kg을 감량했다는 이야기와 계체량 통과를 한 그다음 날 바로 다시 4kg을 찌웠다는 이야기와, 전성기(가 과연 있었는지는 모르겠지만 어쨌든, 그 시절)에 명동에만 나가면 '당신을 위해 내 삶이라도 바칠 준비가 되어 있어요'라는 열망을 눈동자에 가득 담은 여성들이 사인을 해 달라고 길을 막아서는 바람에 1미터도

전진하기 어려웠다는 말과, 복싱을 한 후로는 싸움을 전혀 하지 않았지만 그 전에는 소문난 싸움꾼이라 1 대 17 정도는 기본이었고, 나중에는 자청해서 한 손으로만 싸웠으며, 그 후엔 그래도 불공평한 것 같아 주먹은 전혀 쓰지 않고 나무젓가락 하나만 가지고 스무 명을 물리친 적이 있다는, 전혀 믿을 수도 없고 근거도 없는 이야기를 잔뜩 늘어놓았다. 그러고 나서 그가 "다음 주에 삼촌이 방송국 가서 대통령 후보, 유명 연예인들 쭉 세워 놓고 초능력 강의하고 온다"라고 했을 때, 나는 "아, 네" 하고 가볍게 응수하고 말았다. 물론 그의 말과 조금 다르긴 했지만, 정신 병자와 같은 그의 입에서 나온 말이 이후에 어떠한 파장을 몰고 올지 나는 짐작조차 하지 못했다.

내 눈을 의심하지 않을 수 없었다.

그러니까, 나는 그냥 소희를 벗기는 일에 싫증이 났을 뿐이었고, 원고 마감이 내일이지만 잠시 쉬었다가 일을 해야겠다는 생각에 TV를 켰을 뿐이었다.

그런데, 맙소사!

공평수가 개미에게 주문을 걸고 있었다.

그는 우주에 존재하는 모든 기운을 자신의 동공에 담아 온 세상을 태울 듯한 눈빛으로 한곳을 뚫어져라 노려보고 있었다. 그 눈빛에서 쏟아져 나오는 무형의 광선은 마치 돋보기에 응집돼 한곳을 향해 강렬하게 진군하는 태양 광선 같았다, 면 좋았겠지만, 그건 어디끼지니 바람일 뿐이었고, 실상은 잔뜩 찌푸려진 미간 사이에 볼썽사납게 진땀이 고여, 흡사 남은 삶의 긴 나날 동안 친구 하나 없이 할 수 있는 일이라곤 오로지 돋보기로 개미를 태워 죽이는 것밖에 없는 처량한 소년처럼 보였다. 카메라는 조롱할 기색으로 그의 미간과 사시처럼 몰려 버린 눈동자를 클로즈업 했고, 그의 시선을 따라 서서히, 아주 서서히, 마치 지구를 뒤흔들 만큼 놀라운 것이 있다는 투로 이동했다. 카메라의 멸시 담긴 동선이 끝나는 자리엔 유리병 안에 담긴 수십 마리의 개미들이 분주히 오가고 있었다.

　"자, 이제 WBA 밴텀급을 석권한 전 세계 챔피언 공평수 씨의 말대로라면, 매미로부터 신령한 에너지를 받은 그의 눈빛에서 나오는 감마선이 개미들을 도망가게 할 것입니다. 그는 이 광선이 대(對) 테러 대응 및 조류독감과 구제역 박멸, 다이어트, 노화 방지, 불임 해소 등에 쓰일 수 있다고 합니다. 과연 그의 주장대로 개미가 도망갈 것인지……."

독설로 유명한 덩치 크고 턱이 긴 개그맨은 그날따라 공평수의 주장을 빌려 자신의 말을 했다. 그러나 TV를 보는 사람들은 모두 알 수 있었다. 그의 말을 빌리는 것이, 그를 가장 효과적으로 조롱하는 방법이라는 것을.

초자연적인 분위기 형성을 위해 몽환적이면서도 긴장감을 유발하는 음악이 흘러나왔다. 그것 역시 공평수를 조롱하기 위한 제작진의 선택이란 것을 공평수를 제외한 온 우주가 아는 듯했다. 그 광경을 보고 있자니, 왠지 서글픈 기분에 젖었다. 나도 그의 터무니없는 주장을 자서전에 써 보려 했지만, 막상 온 세상이 지켜보는 가운데 진지하고 체계적인 방식으로 그가 조롱당하는 걸 보고 있자니, 실감하지 못했던 내 선택의 잔인함이 새삼 무겁게 느껴졌다. 그런 식으로 후회와 죄책감에서 출발한 감정은 그의 눈빛이 더욱 진지하게 변해 갈수록 연민과 동정을 지나, 결국엔 이 일을 자초한 그의 무모함에 대한 분노와 증오로 번져 나갔다. 더 이상 TV를 볼 수 없어 리모컨을 들어 끄려고 하는 순간,

스튜디오가 "우와……" 하는 함성으로 울렁였다.

개미들이 약속이나 한 듯 그의 눈빛이 닿는 지점을 비워 둔 채 유리병 구석으로 물러났다. 한 마리가 먼저 움

직였고, 뒤따라 모든 개미들이 반대편으로 몰려 버린 것이다.

독설로 유명한 개그맨은 관객석을 향해 양손을 벌려 보이며 긴 턱을 늘어뜨렸다.

"하하하, 이게 어떻게 된 거죠?"

아나운서 출신의 MC는 "아아아……"라는 멍청한 감탄사를 뱉어 냈다. 당랑권을 구사한다는 중년 개그맨 역시 믿을 수 없다는 표정을 지었다. 단 한 사람, 공중 부양을 한다(고 주장하)는 정치인만이 견제하는 눈빛으로 그를 노려보았다. 평소 자신의 눈을 3분만 바라보면 행복해진다고 설파하던 그로서는 상당한 적수를 만났다고 여기는 눈치였다.

공평수는 "아라카파 — 사카 — 린나이 — 스탄불"이란 주문을 외쳤고, 스튜디오 안은 말 그대로 절반은 믿고 절반은 의심하는 반신반의의 기운으로 술렁였다.

"모두 매미님의 신령한 기운 때문입니다"라며 공평수는 등에 매단 조악하기 그지없는 매미 날개를 가리켰고, "이 매미 날개를 떼면 제 몸에선 효험이 사라집니다"라는 말을 아무렇지 않게 이었다. 당연하게도 그가 날개를 떼고 유리병을 노려보자, 개미들은 전혀 꿈쩍하지 않았다. 위기감을 느낀 정치인은 자신도 해 보겠다고 나섰지만, 개미들은 역시 꿈쩍도 하지 않았다. 대신 정치인은 평소의 주장대로 자신과 "3분 이상 눈을 마주친 개미들은 이미 충분히 행복해진 상태"라고 말했다.

"하아………………."

나는 어처구니없는 심정으로 그저 텔레비전 모니터만 바라보았다.

그날 밤 나는 도저히 뭐가 뭔지 알 수 없는 기분에 휩싸여 되는대로 원고를 마감했다. 뭘 썼는지도 기억이 안 날 만큼 아무 말이나 마구 써넣었다. 그렇게 밤을 새워서 원고를 쓰고, 동틀 녘이 지나서야 가까스로 잠이 들었다. 너무 오랫동안 골머리를 앓아서였을까. 그날 나는 저녁 무렵이 되어서야 겨우 눈을 떴다. 그리고 인터넷에 접속해 보고 나는 또 한 번 놀라고 말았다.

실시간 검색어 1위 공평수.

연관 검색어로는 당연히 챔피언 공평수, WBA 공평수가 있었고, 이채롭게 《선데이 서울》, 공평수 부인, 가슴 확대 수술이 있었고, 아니나 다를까, 정신병자 공평수, 두뇌 이상 공평수, 매미 환자 공평수, 사기꾼 공평수가 줄줄이 붙어 있었다.

화면을 아래로 내려 보니, 어느새 공평수의 기사들로
도배가 돼 있었다. 급한 김에 눈에 보이는 대로, 아무 기
사나 하나 클릭했다.

전 세계 챔피언, 초능력자 되다

「금성인」에 출연한 초능력 남이 화제다. 지난 31일 방송된
tvL 「금성인 바이러스」에는 자신이 초능력자라고 주장하는
전 WBA 세계 챔피언 공평수 씨가 출연했다. 그는 방송에서
매미가 삼라만상의 근원이며, 16년 전 과천에 있는 자신의
집 뒷산에서 매미로부터 우주의 정기를 물려받았다고 했다.

방송이 시작되자마자 그는 매미와 대화하는 퍼포먼스를
선보이려 했으나, 매미가 아무런 소리도 내지 않자 "인간의
음역대에선 감지할 수 없는 소리로 답했다"라고 주장했다.
MC 이경구가 "초능력을 보여 줄 수 있느냐?"고 묻자, 그는
유리병에 담긴 개미를 노려보며 주문을 외웠다. 잠시 후 개
미들이 한쪽으로 이동하자, 공평수 씨는 "모두 매미의 신령
한 능력 덕분"이라고 했다. 이날 방송에는 공중 부양 정치인
으로 유명한 허경열 씨가 출연했으며, 내내 공평수 씨와 대
결을 하는 양상을 보였다.

한편 공평수 씨는 1984년 WBA 밴텀급 세계 챔피언으로
타이틀 매치 1차 방어에 실패해 전격 은퇴했으며,《선데이
서울》모델 출신인 정미라 씨와 결혼해 화제가 된 바 있다.
— 입력일자 2011년 4월 1일 설가소 기자 so_sulga@zotsun.com

다른 기사들도 마찬가지였다. 기사 내용은 팩트 위주로
작성된 듯했지만, 제목에는 가치판단이 적극적으로 개입
돼 있었다.

공평수, 그는 진정 매미와 소통하는가?

공평수, 파동 에너지 스티커에 매미의 혼을 담아……

공평수, 정신병자인가? 초능력자인가?

몰락한 전 세계 챔피언, 방송에서 매미와 대화 시도해

허경열, 공평수에게 극복할 수 없는 질투심 느껴……

초능력자가 된 전 세계 챔피언 공평수, 그는 누구인가?

전 세계 챔피언, 뇌 충격으로 인한 정신병 의심 증세 보여

나는 흥분을 억누르지 못한 채 공평수에게 전화를 걸
었다. 격노에 보조라도 맞춘 듯이 벨 소리가 다급하게 울
렸고, 그는 이런 상황을 전혀 모른다는 듯이, 아니 개의치
않는다는 듯이, 태연자약하게 전화를 받았다.

"오오~~양맛살. 사랑하는 조카! 어디야! 뭐해! 보고 싶어! 조카는 나의 태양— 고기!"

"뭐하는 거예요! 지금."

나는 따지듯이 물었고, 그의 대답에는 취기가 잔뜩 묻어 있었다. 그가 있는 곳으로 곧장 달려갔다.

*

도대체 무슨 생각으로 그따위 프로그램에 나간 거예요, 영웅이라도 될 줄 알았어요, 사람들은 아저씨를 바보로 생각하고 있단 말이에요. 방송국이 정말 속았다고 생각해요, 이용한 거예요! 아니면, 저도 속았다고 생각하는 거예요. 저도 이용하는 거라고요. 그런데 왜 그 기회를 저 TV 피디들한테 줘 버렸냐고요. 약속했잖아요. 자서전 쓰기로. 진짜 머릿속에 돌밖에 없는 거예요! 아니면 나까지 이용하려는 거예요, 도대체 당신 속셈이 뭐야!

머릿속이 어지럽게 뒤섞였다. 도착하자마자 따져 버릴까, 아무리 공평수라도 무슨 생각이 있었을지도 모르니까 일단 이야기나 듣고 따져 볼까, 모두 망쳐 놨으니 이제 자

서전을 포기하라고 말할까, 아니 자서전 따위는 이미 포
기해서 일을 이렇게 벌여 놓은 걸까, 아니지, 공평수라는
인간이 그까지 생각할 리 없으니 그냥 자기 하고 싶은 대
로 한 게 아닐까, 어쩌면…… 세상의 광포한 조롱과 야유
는 시간이 지나면 오히려 자서전에 대한 관심으로 전환되
지 않을까. 이 미치광이와 연관된 것은 어떤 것이든 생각
하면 할수록 끈적끈적하고, 비린내가 풍겨 와 뇌가 터질
듯 혼란스러웠다.

그런데 복잡하게 뒤엉킨 뇌를 부여잡고 술집에 도착해
보니, 생각지도 못한 광경이 펼쳐져 있었다. 웨스턴 바라
는 나무 간판과 깜빡거리는 튜브 조명 아래, 피투성이가
된 공평수가 쓰러져 있었다.

"어떻게 된 거예요. 정신 차려요."

나는 양손으로 그의 어깨를 잡고 흔들어 보았다.

"……"

그는 말이 없었다. 나는 그를 겨우 일으켜 세워, 술집
건물 벽에 기대앉혔다. 공평수는 다리를 쭉 뻗고 허리만
세운 채, 고개를 숙이고 있었다. 뺨을 몇 대 때리자, 의식
을 되찾은 듯 숨을 토해 냈다. 그러자 기침과 함께 입술에
서 피가 튀었다.

"정말 왜 이러는 거예요. 왜 나를 당신 인생에 끌어들인 거예요!"

어쩐지 나는 그 상황에서 그렇게 말하고 말았다.

"미안해. 조……카가 필……요……해."

그는 그렇게 말했다.

그날, 내가 통화를 하고 격분에 떨며 가는 사이, 그를 알아본 몇몇 사내들이 시비를 걸었다. 머리를 짧게 자르고 이태리 양복을 입은 사내들은 험한 말로 능멸하며 초능력을 부려 보라 했다. 공평수는 초능력을 보려면 돈을 먼저 내라고 응수했지만, 사내들은 그를 더욱 궁지에 몰아넣을 생각으로 수표 몇 장을 건넸다. 공평수는 차갑게 식은 위스키를 뜨겁게 데워 보겠다고 말했고, 예의 허황된 주문을 슬프게 중얼거렸다.

"아라카파―사카―린나이―스탄불."

그러고 나서 그는 자신 있게 머리를 짧게 깎은 사내에게 원 샷을 해 보라고 말했다. 사내는 혹시나 정말 뜨거워졌으면 혀라도 데는 게 아닌가 싶어 우물쭈물하며 위스키를 홀짝거렸고, 그 광경은 누가 보더라도 거들먹거려 왔던 사내를 단숨에 우스꽝스럽게 만들었다. 실상 위스키는 뜨겁기는커녕, 미지근하지도 않았다. 차가운 위스키가 입술에 닿자마자, 자존심이 짓밟힌 사내의 얼굴이 매섭게 일그러졌다. 그는 호전적인 눈빛으로 따지듯이 공평수를 노려보았다. 그 와중에도 공평수는 태연하게 "위스키로 당신의 가슴은 뜨겁게 데워졌소!"라고 말해 사내를 좌중에서 쏟아지는 웃음 세례 속으로 몰아넣었다. 그리고 그 말은 공평수 자신을 소나기처럼 쏟아지는 사내의 주먹 세례 속으로 몰아넣었다. 결국 공평수의 얼굴은 피범벅이 되었고, 사내들은 수표를 도로 낚아채고서 그를 가게 앞에 내던져 버렸다.

공평수는 그 말을 하며 희미한 미소를 지었다. 그의 피 묻은 입술에서 흘러나오는 웃음은 거리 바닥에 나뒹구는 자존심을 일으켜 세우기 위한 최후의 허영 같았다. 그리고 왠지 그 모습은 희비극의 한 장면 같기도 했다.

"세계 챔피언이라면서요. 무슨 챔피언이 이 모양이에요."

어쩐지 나는 울먹이며 말하고 말았다.

그러자 삼촌이라 불리는 정신병자이자, 전 세계 챔피언이자, 매미 애호가가 말했다.

"글러브를 끼지 않았잖아."

"그깟 게 뭐가 중요해요!"

118

나는 소리쳤다.

"변칙 복서라면서, 선수 시절에 얍삽한 짓은 혼자서 다 해 놓고서, 챔피언 타이틀도 눈 찔러서 땄다면서. 그깟 주정뱅이 몇 명 때려눕히는 게 뭐라고요!"

나도 모르게 눈이 따가워졌다. 나는 선물을 뺏겨 버린 꼬마처럼 훌쩍이며 그를 노려보았다.

"링 아래서 주먹을 휘두르면 선수 생명 끝장이야."

"무슨 소리예요. 매미 타령이나 하는 주정뱅이 주제에!"

그러자 삼촌이라 불리는 정신병자이자, 전 세계 챔피언이자, 매미 애호가인 공평수가 손등으로 입가의 피를 스윽 닦으며 말했다.

"다시 복싱을 하고 싶어."

순간 섬뜩해졌다. 안구가 튀어나올 뻔했다.

"매미랑 이야기한다더니 어떻게 된 거 아니에요?"

"아니야. 나 복귀할 거야. 다시 복싱 할 거야. 그 길밖에 없어."

나는 한껏 부풀고 흠뻑 젖은 눈으로 노려보았다.

"미안해, 방송에서 헛소리해서. 사실 난 매미 따위 몰라. 그저 평범한 사람일 뿐이야. 하지만 이래야 사람들이 나를 알아봐. 그래야 다시 복싱을 볼 거야. 시대가 원하는 건 평범한 능력의 인간이 아니라, 미쳐 버리더라도 평균 이상의 능력…… 초능력을 발휘하는 사람이니까."

"무슨 개소리예요! 그렇다고 나까지 속인 거예요!"

공평수는 혓바닥으로 입술 안쪽과 볼 안쪽에 고인 피를 긁어모았다. 벌어진 턱과 볼 사이로 혀끝이 불룩하게 솟아올랐다. 그러고선 눈을 똑바로 치켜뜨고 입안에 고인 피를 바닥에 뱉어 내며 말했다.

"완벽해야 해."

밤공기가 차가웠고, 몸소름이 돋았다.

*

이상한 점은, 공격은 그렇다 쳐도, 왜 방어조차 하지 않았을까. 나는 이해할 수 없었다.

"싸우고 싶은 마음이 들지 않았어. 링 위에 서고 싶긴 한데, 그래야 살 것 같긴 한데, 싸우고 싶은 생각은 머릿속 어디에도 없었어."

나는 그때 그게 무슨 말인지 전혀 알 수 없었다.

나는 여전히, 머리 나쁘고, 아둔한 무명작가다.

2부

능력자

能力者

라운드 7

우린 섬에 가서 전지훈련을 했다. 그게 다다.

아니! 무슨 전개가 이리도 얼렁뚱땅이냐 할지 모르겠지만, 미안하다. 갑자기 나 같은 삼류 작가가 쓰는 책 때문에 중국과 아마존의 나무들이 잘려 나가고, 그 때문에 오존층에 더욱 큰 구멍이 생기고, 그 때문에 북극곰들이 집을 잃어 간다는 생각에 눈물이 앞을 가리고 있다. 이제와 고백하자면, 나는 환경주의자다. 아울러, 이 소설의 목적은 환경 보전을 위한 메시지 전파에 있다, 라는 건 물론 헛소리다. 그렇다 해서 우리가 지금 호흡곤란을 겪고 있는 지구의 상황을 외면할 수는 없다. 따라서 지구를 구하기 위해서라도 지루한 이야기는 뛰어넘지 않으면 안 되는 절체절명의 시대적 과제 앞에 우리는 처해 있다. 즉, 간단히 말하자면…… 그렇다. 공평수는 재기전을 치렀다.

방송에서 미치광이 행세를 한 탓인지, 공평수의 재기전이 열리는 강남의 한 특급 호텔 특설 링에는 방송 3사와 스포츠 케이블 10개사, 스포츠 신문 5개사, 전·현직 유명 복서들, 정·재계 유력 인사들, 어린 시절 복싱의 향수에 젖어 있던 중년 팬들, 아울러 잠재적 시합 상대인 현 한국 및 동양 챔피언, 동시에 스승의 재기에 감동하여 지난 과오를 용서해 달라며 몰려든 '공평수 권투 교실' 제자들, 나아가 90년대 영동을 정복했던 스텝 제왕의 재기에 감개무량해 몰려온 강남 무도파 후배들, 더 나아가 라스베이거스에서 전세 비행기를 대절해 온 전미 복싱 협회원들, 또한 진심인지는 알 수 없으나 전국 도처에서 갑자기 출현한 매미 추종자들, 아울러 매미 신의 능력을 견제하겠다며 나타난 메뚜기파 회원들, 고추잠자리파 회원들, 나아가 물개 신, 해구신·웅담·녹용·자라·사슴 피 신도들이 경기장을 가득 채우는 일은, 물론 일어나지 않았다. 그날 실제 관객 수는 대여섯 명에 지나지 않았고, 하나같이 심드렁한 표정으로 앉아 있었다.

모두 지친 기색으로 권태의 바다에 빠져 익사한 유령들 같았다. 그중 단 한 명만이 끊임없이 주문하듯 공평수 쪽을 향해 뭔가 외쳐 댔는데, 그 외침은 복싱 영화에 예의 등장하는 관중을 가장한 숨은 고수가 알려 주는 '작전을 뛰어넘는 자전', 가령 저시에 터져 나오는 '날려!', '빼져!', '(가드) 올려!' 등의 주문이었으면 좋았을 것이나, 실상은 월세를 또 기습적으로 '올려' 버린 주인의 턱주가리를 '날려!' 버리겠다거나, 내 돈 먹고 튄 녀석 어디 가서 술 먹고 바다에나 '빠져!' 죽어 버려, 라는 이야기였으니, 그날 경기에서 공평수의 실력과 관련해 이야기를 꺼낸 이는 단 한 명뿐이었다.

"아저씨가 이겨요, 뿡뿡이가 이겨요?"

뿡뿡이란 방귀대장 뿡뿡이를 말한다.

그나마 공평수가 초능력자로 출연했던 케이블 방송사의 카메라가 한 대 나와 있긴 했지만, 이제 갓 대학을 졸업했거나 아니면 대학생으로 보이는 촬영기사는 한참 동안 카메라 앞에서 갸우뚱하더니 결국은 사용 설명서를 펼쳐 놓고 촬영을 시작했다.

그럼에도 불구하고 공평수는 무슨 신이 났는지, 아니면 신을 내리는 건지, 아니면 신 내림을 받았는지, 링 위에서 춤을 췄다. 파쏘도블레와 차차차, 룸바와 지르박(이건 아니지 않은가!)을 차례대로 선보이며 심판과 상대 선수를 경악하게 만들었다. 그러자 권태의 바다에 익사했던 유령들도 하나둘씩 생기를 회복했는지, 객석에선 어느새 '빠져!', '올려!', '날려!' 등의 탄성과 응원이 쏟아져 나왔으니, 이쯤이면 이 격려가 예의 복싱 영화처럼 선수의 파이팅에 관한 것이었으면 좋았으련만, 실상은 춤추는 공평수의 엉덩이가 더 '빠져'야 한다는 둥, 팔을 더 '올려'야 한다는 둥, 머리카락을 공중에 더 '날려'야 한다는 둥, 죄다 춤에 관한 것뿐이었으니, 그날 경기에서 공평수의 파이팅에 관해 조언을 한 이는 단 한 명뿐이었다.

"엉덩이 폭탄을 조심해요! 아저씨도 방귀대장을 이길 수 있어요!"

공이 울리고 한참이 지났지만 여전히 공평수가 춤을 추고 있자, 젊은 상대 선수는 가드 자세를 풀고 어이없다는 표정으로 그 광경을 지켜보고 있었다. 공평수는 아예 시합할 마음이 없는지 1회전 내내 춤만 췄다. 지켜보던 상대 선수는 처음에는 가드 자세를 풀더니, 나중에는 로프에 기대서서 팔짱을 끼기까지 했다. 심판이 공평수와 상대 선수에게 시합 태도로 경고를 하나씩 주자, 그제야 1라운드가 끝났다. 섬에서 그토록 훈련을 열심히 한 인간이 링 위에서 우스꽝스러운 춤이나 춰 대는 이유를 도무지 알 수 없었다. 이 인간이 말로는 '미친 척'했다지만, 하는 짓거리를 보면, 정말 미친 것처럼 보였다. 아니나 다를까, 공평수는 도무지 부정적인 생각을 하지 않았는데, 예전에 뇌 과학에 관한 책에서 본 바에 따르면 우뇌에 손상을 입은 사람은 현실감각이 떨어져 무턱대고 희망만 품는 '초긍정적' 인간이 된다고 했다. 모든 문제를 부인하고, 어려운 상황에도 낙천적이거나 태연해 코미디 같은 삶을 산다고 했는데, 그런 관점에서 보자면 저 인간은 미치광이가 틀림없다. 경고를 받고 난 후 공평수와 나는 눈이 마주쳤는데, 그는 오히려 뜻한 바를 이뤄 내서 기쁘다는 듯이 입을 벌리고 웃고 있었다. 물론 그 와중에도 마우스피스는 물고 있었으므로, 입을 벌리자 앙다문 치아가 보였고, 마치 약속된 영화의 한 장면처럼 입가로 침이 흘러내렸다.

　나중에 안 사실이지만 신참으로 보이는 카메라맨은 사

용 설명서를 옆에 펼쳐 놓고서 잘도 찍어 냈는데, 그 영상
엔 공평수가 춤을 추는 광경, 상대 선수가 팔짱을 끼는 장
면, 경고를 먹고도 입 벌린 채 침 흘리며 좋아하는 장면
이 모두 담겨 있었다. 그리고 그 화면은 인터넷에 순식간
에 퍼지며 놀라운 반응을 불러일으켰다. 2회전이 시작되
자마자 득달같이 달려든 공평수가 상대에게 어퍼컷을 단
한 방 날리자, 상대가 바로 KO를 당해 일어나지 않았기
때문이다. 정말 단 한 방이었다. 나는 소름이 돋을 정도로
놀라 동공이 확장된 채로 공평수를 바라보았다. 그는 나
를 보고 또 한 번 씨익 웃었는데 아니나 다를까, 이번에도
벌어진 그 입술 사이로 예의 그 침이 흘러내렸다.

그런데 그날, 공평수는 이겼지만 크게 기뻐하지 않았
다. 기만하듯 1회전 내내 춤만 추다 기습 공격을 했기 때
문일까, 아니면 패자의 쓰라린 고통을 이해하기 때문일
까, 아니면 승패보다 승부 자체에 의미를 두기 때문일까.
시합이 끝나자 그는 패배의 아픔을 막 맛본 신인 선수에
게 가서 포옹을 했고, 젊은 선수는 복싱 트렁크스 차림으
로 허리를 굽혀 인사를 했다. 그 허리는 한동안 굽혀진 채
올라오지 않았다. 공평수는 그 시간 동안 무슨 생각을 했
을까. 그리고 신인 선수는 어떤 생각을 보냈을까. 그것은

땀이 튀고, 근육이 뒤틀리는 사각의 링 위에 생을 던져 놓은 사람들끼리만 통하는 감정의 흐름일 것이다. 나는 그때 그들이 어떤 감정을 나눴는지 모른다.

안타깝게도 물어볼 기회가 없었기 때문이다.

재기전은 흥행이라 할 순 없지만, 낙관적인 공평수의 생각대로 흘러갔다. 삶에 있어서 때론 자신의 능력 밖의 것은 그저 낙관으로 일관하고 나머지 결과는 삶의 흐름에 던져 놓는 것도 나쁘지 않겠다고 생각했다. 그것은 내가 경기장에 처음 들어섰을 때, 사실 실망감에 흠뻑 젖어 있었기 때문이다.

재기전이라 했을 때, 떠오른 장소는 당연히 동대문 체육관이나 코엑스 특설 링 정도였다. 물론 그런 경기장이 공평수에게 과분하다 싶었지만, 나는 하다못해 지방 중소 도시의 학생 체육관이나 시민 체육관 정도는 되리라 생각했다. 하지만 그것마저 오산이었다. 경기장을 잡지 못해 우린 부산까지 내려갔고, 선술집이 늘어선 유흥가 상가 건물 2층에 있는 한 체육관에서 시합을 가졌다. 싸구려 연석 계단을 밟고 한 층을 올라가니, 유리문 입구엔 '다이어트', '헬스'란 글자가 큼직하게 붙어 있었다. 같은 복도를 쓰는 옆 가게는 콜라텍이었다. 열린 문 사이로 초라하게 돌아가는 조명 아래 중년의 남녀가 몸을 섞고 흔드는 광경이 보였다. 체육관 안으로 들어서자 한가운데에 링이 있었고, 그 주위엔 탄산음료 회사에서 관례상 슈퍼마켓에나 줄 법한 흰색 간이 의자가 스무 개 놓여 있었다. 개중에는 정말 슈퍼마켓에서 가져왔는지, 의자 뒤에 '칠성사이다'란 글자가 인쇄돼 있었다. 그나마 대여섯 명의 관중이라도 와 다행이었지, 그 전까지 체육관을 채운 건 침묵의 공기와 깜빡거리며 명멸하는 형광등 조명뿐이었다.

그다음 시합장도 별다를 바 없었다. 공평수는 그 후 두 번의 시합을 더 뛰었다. 한 번은 지방의 한 초등학교 운동장에 설치된 링에서, 다른 한 번은 수원의 공원에 설치된 야외 링에서 시합을 했다. 고적대가 잠시 울렸고, 인근의 여중생이 봉사 활동을 한다며 라운드 판을 들고 돌았다. 관중은 발걸음을 잠시 멈춘 행인들이었다. 햇볕은 따가웠고, 공평수의 땀은 그 햇빛 아래서 잔잔하게 빛났다. 공평수는 거짓말처럼 세 번의 시합을 모두 이겼다. 첫 번째는 KO승이었지만, 두 번째와 세 번째는 판정승이었다.

어느덧 공평수는 한국 랭킹 2위에 올랐다.

라운드 8

믿을 수 없겠지만, 세상은 공평수에게 열광하기 시작했다.

거참, 어째 이런 일이 가능하냐고 반문하고 싶겠지만, 나에게 묻지 말기 바란다. 나 역시 같은 심정이기 때문이다. 그럼에도 불구하고 나에게 묻는다면, 나는 그저 이렇게 답할 수밖에 없다. 인류의 역사는 항상 알 수 없는 방향으로 굴절되며 흘러왔다고. 제아무리 단단히 설계된 인생으로 보인다 할지라도, 알고 보면 우연이라는 벽돌이 중첩되어 쌓인 집과 같은 인생이 얼마나 많으며, 굳이 뉴턴이 발견한 중력의 법칙이나 아르키메데스가 발견한 부력의 원리까진 아니더라도 순간의 실수와 우연의 결과가

빚어낸 위대한 발견은 또 얼마나 많은가. 맥락이야 어찌
됐든 간에 세상의 눈에는 여전히 정신병자이자, 매미 애
호가이자, 허풍선이자, 동시에 초능력 사기꾼이었던 공평
수가 열광의 대상이 된 자초지종은 이러했다.

  태초에 말씀이 있었듯, 먼저 사용 설명서에 찍힌 말씀
대로 찍힌 공평수의 재기전 영상이 있었다. 그 영상은 공
평수를 조롱했던 방송국 홈페이지에 업로드 되었고, 물론
그때까지 그 누구도 이 영상이 몰고 올 흥분과 열광, 축
제와 광분의 시나리오를 예상치 못했다. 그 영상 안에는
단 한 번의 일격으로 상대를 쓰러뜨린 공평수의 훅이 있
었다. 그동안 복싱을 잊고 지낸 과거의 복싱 팬들이 그 장
면을 보자, 마치 정신적인 훅을 한 방 맞은 것처럼 일격에
복싱의 매력을 되찾고 땀과 근육, 투지와 도전의 스포츠
였던 복싱으로 되돌아왔다, 는 건 어디까지나 바람일 뿐
이고, 실상 그 영상에 감탄을 한 이는 따로 있었으니, 그
는 바로 십수 년간 오로지 춤으로 세상을 제패하겠다는
일념하에 '빛도 없이 이름도 없이(이건 아닌가?)' 지하 단
칸방에서 스텝을 밟아 오던 '지로박'이었다(그러나 주변에
선 그를 모두 '지루박'으로 불렀으니, 이쯤에서 독자들은 그가
지르박에 조예와 애정이 깊었을 것이라 예상할 수 있으나, 실

상은 그의 성적 지병을 일컫는 애칭으로 그는 하늘에 통사정을 해도 좀처럼 사정이 되지 않는 지루증을 앓고 있었던 것이었다). 어찌 됐든 간에, 훗날 공평수 신드롬의 단초가 되었던 지루박 군은 지루할 정도로 지르박 연습을 해도 지르박 스텝의 마스터가 지지부진하자, 예의 즐겨 보던 「금성인 바이러스」를 다시 보기 위해 방송국 홈페이지에 들렀다. 공평수의 운명을 설계한 신의 장난이었을까, 아니면 발로 춰야 할 춤을 손으로 춰서 손에 땀이 난 지루박의 손이 미끄러진 탓일까. 그는 자신도 모르게 공평수의 영상을 클릭하고 말았다.

그 순간 지하 단칸방에 형체를 알 수 없는 광명과 한 줄기의 핀 조명 같은 빛이 비췄다는 건 거짓말이고, 단지 공평수는 컴컴한 방 안에 작은 빛을 내뿜으며 모니터 안에서 춤을 춰 댈 뿐이었다. 물론 우리의 주인공 공평수가 전통적 시각의 영웅적 인물이라면 지루박의 시선이 당연히 그의 단 한 방 훅에 머물러, 그 훅을 보는 순간 마치 자신의 복부가 맞은 듯 배를 움츠리며 그에게 매료되어야 함이 당연지사이건만, 아니나 다를까 이 스토리는 변방의 복서이자 한때 무도계를 평정했던 공평수의 발놀림에 지루박이 매료되고 마는 방향으로 전개되고야 만다. 여기서 공평수의 현란한 발놀림이란 90년대 초 강남을 평정

하고, 강북을 섭렵하고, 지방을 정복하고, 현해탄 건너에
서 한 수 배우러 오던 바로 그 발놀림이었기에, 지하 세계
에서 십수 년간 스텝만을 지루하게 밟아 온 지루박은 그
만 까무러쳐 바닥에 쓰러진 채 입에 거품을 물고 동영상
을 지켜봐야 했다. 비록 지루박의 몸은 쓰러지고 입에선
거품이 생맥주 기계처럼 뿜어져 나왔으나, 공평수의 스텝
이 움직일 때마다 지루박은 십수 년간 헛걸음하듯 헛발을
디디며 겪었던 무수한 시행착오에 답이라도 얻은 듯 머릿
속이 명료해졌다. 지루박은 급기야 눈물을 흘리며 진정한
무도계의 신이 복귀했음에 기뻐 몸서리쳤고, 그 전율은
온몸을 부르르 떨게 만들 정도였다. 만약 누가 그 광경을
봤더라면 입에는 거품을, 몸에는 발작을, 동공엔 확대를
일으킨 지루박을 간질 환자로 착각하지 않으면 다행일 지
경이었다. 춤은 발이 아니라 온몸으로 추는 것임을 증명
이라도 할 기색인지 지루박은 평생 경험해 보지 못한 전
율에 휩싸여 방바닥에서 30분간 부르르 떨었으니, 그 전
율의 황홀경이 어찌나 컸던지 자기도 모르는 사이에 그만
사정까지 하고 말았다. 아니나 다를까, 달리 지루박이었
던가. 그 지루했던 지루의 시간이 이토록 한순간에 해결
되고 말자, 지루박은 그 영상을 무릎 꿇고 삼신상제에게
기원하는 심정으로 다운 받았으니, 이때가 바로 이천십일

년 시월 삼일, 공교롭게도 하늘이 열렸다던 그 '개천절'이
었다.

지루박은 개천절에 내려받은 이 무도(舞蹈)적, 의료적
효능이 출중한 영상을 당연히 홍익인가 정신에 입각해 널
리 인간을 이롭게 하고자 무도협회에 기증했으나, 여기서
간과된 것이 있으니 바로 지루박이 이해찬 세대라는 것으
로, 그는 한자에 일자무식이었던 것이다. 그리하여 그는
무도(舞蹈)협회가 아닌 무도(武道)협회로 공평수의 영상을
보냈으니, 이는 어찌 보면 신께서, 섬에서 흘린 공평수의
땀을 보상케 하려는 오묘한 설계가 아닐까 싶을 정도로
시나리오는 기도 막히고 코도 막히고 똥꼬도 막힐 결말로
흘러갔다.

아니나 다를까, 공평수의 영상을 전해 받은 무도협회
의 사무처장은 '곽약근'이란 작자인데, 그는 이제 막 중년
의 터널에 진입한 자였다. 이 곽약근이란 자는 소싯적부
터 괄약근이 약해 적잖은 고통을 안고 살아왔는데, 그가
무도인의 인생을 접고, 한낱 사무처장이라는 행정직을 맡
게 된 것 역시 모두 괄약근이 약해 적시에 적 앞에서 분
비물이 새어 나올지 모른다는 두려움 때문이었다. 아니나

다를까, 괄약근이 흐물흐물해진 곽약근 씨는 지루한 생을 청산한 지루박이 보낸 영상을 약근의, 아니 약간의 기대도 없이 클릭을 해 보았다. 그러나 클릭을 하는 순간 항문이 조이며 엉덩이에 힘이 빡 들어가서, 멀리서 본다면 앉은키가 10cm 정도는 커 보일 정도로 큰 변화를 보였으니, 이는 공평수의 얼굴이 바로 곽약근의 괄약근을 흐물흐물하게 만들고, 그리하여 무술을 연마하게 만들고, 그러나 흐물흐물한 괄약근 때문에 결국 무도 인생을 접고, 오늘날 사무처장이란 행정직으로 살아가게 만든 그 인물과 똑같이 생겼기 때문이었다. 우리는 여기서 과연 그 인물이 공평수와 동일 인물인지, 단순히 닮은 인물인지, 아니면 곽약근 씨의 트라우마가 공평수로 착각하게 만들었는지는 알 수 없으나, 어쨌든 실상은 이러했다. 사실 막 중년의 터널을 지나 이제는 눈가에 주름도 있고, 흰머리도 희끗하게 하나둘씩 나기 시작한 곽약근 씨는 어린 시절 그 누구도 범접할 수 없는 미소년이었다. 그리하여 그 주변에는 또래 여자아이들은 물론, 연상녀, 추녀, 미소녀, 중년녀, 반상회장, 어머니회장, 뿐만 아니라, 한주먹 한다는 형까지 따라붙었으니, 그가 바로 다름 아닌 대단한 남색가(男色家)였던 것이다. 그다음은 차마 고매한 독자의 귀에는 들려줄 수 없는 상황이 연출되니, 우리의 곽약근 씨가 처음부터 괄약근이 약했던 것은 아니었다.

너무 오랫동안 피하고 싶었던 얼굴을 마주해서일까. 꿈에라도 도망가고 싶었던 얼굴을 모니터로 보자, 곽약근 씨는 그만 보호 본능 때문인지 자기도 모르게 괄약근에 온 우주의 힘을 끌어모았고, 그는 그 순간 눈물을 흘리고 말았다. 그 괄약근의 쪼임이란 20여 년간 잊고 지냈던 감격적인 수축, 응집, 남과 북의 만남, 맞잡음, 통일, 단결, 하나 됨이었던 것이다. 비록 사람들의 눈에는 보이지 않았으나, 이 순간 곽약근 씨의 일생을 어둡게 만들었던 괄약근 문제가 해결되자 곽약근 씨의 눈에는 온몸을 태워버릴 듯 소나기처럼 쏟아지는 빛발이 보였다.

아니, 이쯤에서 공평수의 복싱 실력에 관한 이야기가 나와야 되는 게 아니냐고 항의하는 독자들이 있을지 모르겠으나, 대저 참는 자에게 복이 있나니 본시 명작과 위대한 서사는 모두 긴 법이다.

이제는 이 영상이 어떠한 방향으로 흘러가는지 알 수 없으니, 그 길은 길이 없는 곳으로 길을 내서 가는 것과 같으니, 길이 없어도 되고, 길이 있다 한들 그 길로만 가지 않으니 이 영상은 이제 길이 없는 영상, 즉 무도(無道)

영상이 된 것이다. (논리적인 건 묻지 말기 바란다. 대저 참는 자에게 복이 있을지어니!) 그리하여 이 무도 영상이자, 의료 적 효능이 출중한 영상은 마침내, 길은 무용하다는 것을 증명이라도 할 요량인 양 곽약근 씨의 손을 타고 국립암 센터로 전해지니, 절박한 상황에 처한 사람들은 그 어떠 한 것에서도 희망적 메시지를 얻는다 했던가.

수십 명의 암 환자가 일제히 공평수의 영상을 보며 뜨 거운 눈물을 흘렸으니, 그들은 의사에게 공평수가 정신병 자라고 소개를 받았기 때문에, 마음만 먹으면 미쳐도 좌 절을 극복할 수 있고, 세상은 미치지 않으면 미칠 수 없 다는 불광불급(不狂不及)의 깨달음을 얻게 되었다. 이리하 여 공평수는 암 환자들을 비롯한 각종 심신장애와 질병, 나아가 말 못할 병의 환자들에겐 치유의 대명사로, 재능 이 없어 골방에서 세상과 담을 쌓고 자신만의 옹벽을 쌓 던 룸펜들에겐 희망의 대명사로, 나아가 의지박약한 자세 로 살아가는 세상의 모든 이에겐 의지의 대명사로 자리 잡아 갔으니, 언론과 인터넷은 그의 시합 장면을 복제, 각 색, 패러디, 재창조 등 각자의 입맛에 맞게 확대 · 재생산 해 갔으며, 결국 공평수의 시합 장면이 연출된 뮤직비디 오, 이미지가 담긴 티셔츠, 캐리커처가 인쇄된 양말까지 등장하기에 이르렀다. 이쯤 되면 공평수가 상당한 금전적

이익을 보았을 것이라 예상할 수 있겠으나, 실상 그의 실물이 담긴 인쇄물, 영상물, 의류는 단 하나도 없었으며 모두 그와 유사한 이미지를 풍기는 제작물뿐이었으니, 사람들은 그것을 보고 그저 공평수를 떠올릴 뿐이었다.

어찌 됐든 간에 공평수는 이런 식으로 점차 사람들의 입에 오르내리고, 언론에 오르내리고, 마침내 우리 생활 곳곳에서 아류마저 발견할 수 있는 존재가 되었으나, 나는 이것이 어디까지나 인간의 위악적 본성에서 기인한 것이라 생각했다.

샤덴프로이데.

고통과 기쁨을 뜻하는 두 단어가 합성된 샤덴프로이데가 떠올랐다. 인간의 본성 기저엔 타인의 고통과 추락을 기뻐하는 성향이 있다. 제아무리 공평수가 세상의 관심을 받는다 해도, 어디까지나 세차게 밀려온 후 거품만 남기고 사라지는 한 차례 파도에 불과하다.

사람들은 자신의 비교 우위를 확인하기 위해 추악한 가면을 쓰고 다닌다. 겉으로는 집념과 극복의 신화라 하지만, 사실은 모두 비웃고 있는 것이다. 언젠가는 반드시 추락하고 말 미치광이의 비참한 말로를 위해, 일시적인 박수를 쳐 주는 것뿐이다. 그리하여 그들은 도덕적 위안을 얻고, 자신이 근사한 존재라는 확신을 얻고, 결국은 공평수가 추락했을 때 속으로 자신의 예상이 맞았음을 확인할 것이다.

나는 오랫동안 그렇게 생각했다.

*

아, 당연히 큰 기쁨을 추구하는 희태 형의 희락의 근원이자, 동시에 내 질퍽한 생활의 유일한 재원인 소희는 여전히 온갖 구실을 대며 옷을 벗어젖히고 있었다.

희태 형은 여전히 이름에서 인간의 존재 의미를 찾고 있었으며, 드디어 내가 이름대로 야설계의 '큰 봉우리'가 되었다고 했다.

그러고선 야설계의 대문호답게 소희의 다리를 좀 더 쩍쩍 벌리라고 했다.

이젠 익숙해질 만도 했지만, 그럴수록 우울의 기운이 젖은 속옷처럼 몸에 쩍쩍 달라붙었다.

라운드 9

한편, 이쯤에서 다시 등장하지 않으면 섭섭한 아버지는 여전히 양정팔을 후원하고 있었다. 나는 어째서 양정팔을 후원하고 있는가 의문이 들었지만, 아버지는 나의 의문을 불식시키려 작정이나 한 듯 양정팔을 처음 만났을 때의 이야기를 들려주었다.

시간은 시곗바늘을 반대로 돌려, 시침은 8만 7600바퀴, 분침은 525만 6000바퀴, 초침은 3억 1536만 바퀴를 역주행해야 아버지와 양정팔의 첫 대면 장면을 만날 수 있다. 10년 전 국밥집이 즐비한 충무로의 뒷골목, 밤안개가 자욱하여 한 치 앞을 내다볼 수 없는 풍경이 마치 한 치 앞을 내다볼 수 없는 자신의 운명처럼 펼쳐진 밤, 아버지는 20년 전 손을 씻었던 암흑의 세계로부터 여전히 쫓기고 있었다.

여기서 잠깐, 독자의 이해를 돕기 위해 암흑세계에 대한 설명이 필요한데, 간단히 말하자면 이렇다. 우선, 이미 소년 시절 전국적 명성을 떨친 남강호는 성인이 되자 당연하다는 듯 중간 보스급으로 성장했고, 몇 년 후 역시 당연히 실질적인 전국구 보스 자리를 꿰찼다. 사실 주먹 세계의 선배들도 남강호가 패권을 장악하는 것을 마땅한 수순으로 생각하고 있었고, 모두가 그렇게 예감하고 있었다. 단지 하나 알 수 없는 것은 과연 그가 언제 본격적으로 패권을 장악하게 될 것이냐는 것이었다.

이때 이미 남강호는 상대가 나이를 종잡을 수 없을 만큼 중후한 외모와 아우라를 풍기고 있었으니, 남강호를 형님으로 깍듯이 모시던 어떤 이는 실상 그보다 열 살이 많았고, 남강호에게 오빠라고 부르며 안기기를 기다리던 여인 역시 기실 열댓 살이 넘는 연상이었다. 어찌 됐든 간에 협객 남강호는 예의 그 실력은 물론, 나이마저 종잡을 수 없는 독보적인 위치를 점하고 있었다. 허나, 어떤 역사에나 이인자는 있는 법.

당시 이인자였던 이의 이름은 믿기 어렵게도 정말 이
인자였다. 이인자가 싫어서 이름을 바꾸려 용하디용한 점
쟁이를 찾았지만, 그 이름을 바꾸면 평생 삼인자로 살아
가야 하는 운명을 타고났다는 용한 점쟁이의 말에 그만
좌절하고 말았다. 이인자가 좌절하는 곡소리가 단장의 미
아리 고개를 넘어 대지를 울릴 정도였으니, 이를 딱하게
여긴 점쟁이는 점괘를 이리저리 굴려 보더니 마침내 삼인
자가 되지 않고도 바꿀 수 있는 이름 네 가지를 찾아내고
말았다. 그 이름은 이인분, 이인용, 이인마, 그리고 이인어
였다. 이에 이인자는 태생적인 이인자의 설움에 또 한 번
좌절. 울고불고, 울고(소주 나발)불고를 마치 정통 쏘울 곡
「울리불리」처럼 절규하며 반복하다, 급기야는 절치부심.
결국 언젠가는 남강호의 목을 베겠노라 다짐하기에 이르
렀다.

그러나 번번이 그럴듯한 공격이나 위기라 할 만한 역
습조차 못한 채, 언제나 남강호의 그늘 속에서 숨죽이며
살아야 했으니, 그가 일인자가 된 것은 바야흐로 남강호
가 손을 깨끗이 씻고 합법적인 세계로 전향하고 난 후였
다. 그러나 남강호의 아성과 그림자가 워낙 거대한지라,
이인자는 일인자가 됐음에도 불구하고 여전히 남강호를

그리워하는 강호의 세계에서 이인자 같은 일인자의 나날을 보내왔다. 그에게 남강호의 존재는 뛰어넘을 수 없는 장벽, 극복할 수 없는 산, 건널 수 없는 바다, 도달할 수 없는 하늘 같은 존재였기에, 그는 그만 '살리에리 증후군'에 걸리고 말았다. 패권을 장악한 지 10년이 지났지만, 외부 세계에 있는 남강호가 단순한 도움만 청해도 우르르 몰려가는 몇몇 후배들, 아직도 남강호의 전설 같은 추억을 회상하는 선배들, 여전히 자신을 남강호의 *끄나풀*로 알고 있는 몇몇 반대파의 시선 때문에 그는 급기야 또 한 번 남강호를 제거해야겠다는 결심을 하기에 이르렀다.

제아무리 발치에도 못 미치던 이인자였지만, 이인자가 돈으로 매수한 승냥이들이 무리로 덮치면 그날이 자신의 코끝에서 호흡이 멈추는 날이라는 것을 직감한 아버지는, 암흑의 때는 물론 세균 세정까지 탁월하다는 '데톨'마저 없던 시절 이미 비늘마저 벗겨질 정도로 일일 10회 손을 뽀드득 씻으며 살았지만, 그렇다 해서 긴장마저 풀어 놓은 채 살 수는 없었다.

역사는 기회를 엿보는 자에겐 느리게 흘러간다 했던가. 호시탐탐 기회를 노리던 이인자는 10년이 지난 후, 마침내 남강호가 일요일 밤이면 어김없이 충무로 국밥집 골목에 나타난다는 첩보를 입수, 의리고 전설이고 상도덕이고 나발이고 아무것도 괘념치 않는, 오로지 출세와 돈에 굶주린 승냥이 같은 자객 스무 명을 조직, 일단 '승냥이 자객단'이라 명명한 후, 1인당 사시미 칼 다섯 자루씩 무장시켜, 비로소 남강호를 황전실 식행열차에 딥승시킬 계획을 수립했다.

아니나 다를까, 정한 시간이면 어김없이 산책을 하는 칸트처럼 일요일 밤 8시가 되자 어김없이 남강호가 국밥집에 나타났다. 그날따라 잔다랗게 내리던 봄비가 막 그치고 난 후라, 남강호가 국밥집 미닫이문을 열었을 때, 그의 발과 함께 거리를 가득 채운 밤안개가 국밥집 문을 타고 넘어와 가게 안에 자욱하게 밀려들었으니, 자객들은 속으로 '이것이 죽음의 그림자인가' 하는 두려움에 떨었지만, 겉으로는 유유자적한 채 각자 노숙자, 뿔테 안경 대학생, 옆 가르마 공무원, 조끼 차림 등산객, 러닝 바람 행려병인 등으로 위장하여 국밥을 한 술씩 뜨고 있었다. 그 와중에 범상치 않은 체구의 사내 한 명이 고개를 숙인 채 짧게 깎은 머리만을 보이며 탁자 위에 시선을 고정하고 있었는데, 형광등 불빛을 받은 탁자 위로 그의 포악한 인상이 악마의 얼굴처럼 번지고 있었다.

그 외의 자객들은 격투가 벌어지면 동시에 습격할 요량으로 일단 밖에서 잠복을 하고 있었는데, 거리를 쓰는 청소부, 그 청소부에게 요구르트를 건네는 행인, 전봇대 뒤 노상 방뇨를 하는 취객, 밧줄 의자에 나란히 앉아 3층 심부름센터 유리창을 닦고 있던 인부 다섯 명, 골목 한 귀퉁이에서 냉장고 박스를 덮고 자고 있던 노숙자들이 모두 밤안개 속에 정체를 감춘 이 '승냥이 자객단'이었다.

천부적 무사의 기질일까. 아버지는 골목을 지날 때 풍겨 오는 비릿한 양아치의 냄새, 국밥집 문을 열었을 때 단 한 명을 제외한 모든 남자들의 손이 아주 짧은 찰나 일시에 멈췄던 것, 국밥을 건네는 주모의 손이 겨울 댓바람에 사시나무처럼 덜덜덜 떨리는 것을 보며 '아, 이렇게 한 시대가 저무는구나'라는 것을 직감으로 느꼈다고 했다. 그가 이렇게 여긴 것은 아니나 다를까, 역사 속의 거의 모든 일전(一戰)이 그러하듯, 그는 이미 거나하게 취한 상태라 평소처럼 몸을 쓰기 어려웠기 때문이었다.

그러나 한 시절을 풍미했던 협객의 본능은 쉬 사라지지 않는 법. 그가 국밥을 한 술 뜰 때, 숟가락 손잡이에서 뭔가 눈부신 광채가 빛나 잽싸게 허리를 뒤틀어 몸을 빼니, 이미 자신이 먹던 뜨끈한 국밥 위로 날카로운 사시미 칼이 꽂혀 35년 역사와 전통을 자랑하는 충무로 할매국밥의 국그릇은 두 동강이 나 버렸고, 그 안에 담겨 있던 둘이 먹다 하나 죽어도 모를 국물은 식탁 위에 흘러넘쳐 모서리 아래로 뚝뚝 떨어졌는데, 그 와중에도 그는 감상에 젖었는지 그 떨어지는 국물이 마지 한 시내를 풍미하고 죽어 나가는 협객의 핏방울 같았다고 했다.

이미 취기도 오르고 10년간 몸 쓸 일이 없었던 전직 협객 남강호였지만, 일찍이 부모마저 오금을 저리게 만들었던 눈매인지라 몸을 날리며 뒤돌아보자, 눈이 마주친 자객 다섯 명이 그 자리에서 쥐고 있던 칼을 떨어뜨렸고, 두 명은 주문에 걸린 듯 얼어붙은 채 움직이지 않았으며, 세 명은 갑자기 국그릇에 얼굴을 처박고 죽은 태세를 취했다. 그러나 이렇게만 일이 끝났다면 자객단이라 할 수 없을 터이니, 강호의 의리건, 상도덕이건, 전설이건 아무것도 괘념치 않는 열 명이 동시에 사시미 칼을 뽑아 들고 국밥집 안으로 달려들었으니, 아버지는 이제야말로 여기서 생이 끝나는구나 하고 예감했다.

그러나 이야기가 여기서 끝났다면 이 일화가 완성되지 않을 터, 이 와중에 예의 그 포악한 인상의 사내는 구석자리 한곳에서 범상치 않은 기운을 풍기며 국밥을 말아

먹고 있었는데, 그가 바로 19세의 양정팔이었다. 그는 아버지가 두 명의 자객을 맨손으로 때려눕히고 세 번째 자객과 혈투를 벌이는 중에도 눈빛을 주기는커녕 고개조차 들지 않았으니, 그가 고개를 들었을 때는 자객이 잘못 던진 칼이 그가 그토록 사랑하는 여수 갓김치에 꽂혔을 때였다. 그는 그제야 "이런 갓김치 같은"이란 말을 내뱉으며 날아오는 자객 일곱 명을 단숨에 주먹, 헤딩, 발길질로 제압하였으니, 아버지는 그를 보는 순간 단숨에 매료되어 말을 건넸다.

— 자네야말로 진정한 능력자군. 나와 함께 일해 볼 생각 없는가?

양정팔은 아버지의 명함을 건네받고 한참을 고민하다 물었다.

— 청부 살인을 하란 말입니까?

그때 아버지의 명함엔 '싹 쓸어 드립니다!'란 문구가 크게 인쇄돼 있었으니, 그때는 빗자루 사업을 할 때였다.(세상에는 쓸어 버릴 놈들이 많다!)

— 그게 아니라 복싱을 할 생각이 없냐는 뜻일세.

아버지의 물음에 양정팔은 답했다.

— 저는 복싱의 '복' 자도 모릅니다.

아버지는 이미 양정팔의 주먹 솜씨를 본 터라, 그 실력에 대해선 의문을 품지 않았다. 오히려 양정팔의 마음속에 있는 더욱 근원적인 것이 궁금했다.

─지금 이 시대에 가장 중요한 능력은 바로 탐욕일세. 자네에겐 탐욕이 있는가?

남강호의 이 질문에 양정팔은 시체처럼 쓰러진 자객 스무 명의 신음 소리를 배경으로, 소름 끼치도록 잔악한 웃음을 지으며 자신의 심중을 드러냈다. 훗날 10여 년에 걸쳐 쓰이게 될 둘만의 대협잡의 긴 시나리오는 이리하여 그 첫 페이지가 시작되었다.

어느덧 남강호 곁에는 남강호에 버금가는 정체불명의 사내가 거대한 그림자를 드리우며 함께 길을 걷는다는 소문이 퍼졌고, 그 소문은 정확성이 떨어지는 어둠의 경로가 그러하듯 과장에 과장이 덧대어져, 그 정체불명의 사내가 6척 장신이라는 둥, 손가락으로 자객의 안구를 후벼 팠다는 둥, 국밥에서 나온 콩나물로 상대에게 일격을 가했다는 둥, 심지어는 자객의 살점을 도려내 인육으로 국밥에 간을 쳐 먹었다는 둥, 도저히 상식과 이성으로는 믿기 어려운 잔혹하고 섬뜩한 이야기로 부풀려졌다. 이 괴

소문이 이인자의 귀에 들어갔을 때는, 또 과장에 과장이 덧붙어 괴력의 사내가 이인자를 죽이기 위해 밤새 독기를 품고 돌아다닌다는 둥, 이인자처럼 생긴 인간만 보면 일단 조패버리고 본다는 둥, 이인자 잡기에 혈안이 되어 누군가 '이인'간이! 라는 말만 했는데 황천길로 보내 버렸다는 둥, 그 소문이 온통 이인자를 겨냥해 각색·윤색이 되어 전해졌으니, 이를 들은 이인자의 혈색·안색은 그야말로 사색·경색이 되어, 복수건 뭐건 간에 그저 목숨만 보전하는 것도 다행이라 여기며, 또 한 번 남강호의 거대한 장벽 앞에 무릎 꿇고 절규해야 했다.

*

그러나 내 입장에서는 아무리 복싱과 실전이 다르다 하지만, 그토록 전설과 같은 일전을 벌인 양정팔이 막상 선수로 데뷔하고 나서는 왜 한동안 형편없는 실력만 보였는지 이해되지 않았다. 그런데 복싱의 룰에 마침내 적응했는지 그는 그해 초 갑작스레 3연승을 했다. 그 상대도 차례로 복싱 유망주, 한국 챔피언, 동양 챔피언이었기에 그 세 번의 게임이 끝난 후 그는 어느새 동양 챔피언이 돼 있었다. 그런데 놀라운 점은 그가 동양 챔피언이 되고 난 후 곧장 가진 두 번의 시합에서 어이없는 경기력을 노출하며 져 버린 것이다. 그리고 최근에 가진 시합에서 가까스로 승리하여 한국 챔피언 자리를 되찾았다. 나는 어쩔 수 없이, 그가 몹시 기복이 심한 선수이며, 실전에는 전설로 기억될 만큼 뛰어난 자일지 모르지만, 룰이 정해진 링 위의 세계에는 어울리지 않는 인물일지 모르겠다고 생각했다.

*

대부분의 사람은 인간과 동물의 차이점이 이성에 있다고 한다. 사회학자들은 인간만이 정치적 활동을 한다 하고, 의류학자들은 인간만이 옷을 입는다 하고, 예술가들은 인간만이 예술 작품을 남긴다 한다. 상스러울지 모르겠지만 진화 심리학자들은, 개는 발정 나서 잔뜩 발기를 해야, 원숭이 역시 발정 나서 엉덩이가 빨개져야 교미를 하지만, 인간은 언제나 섹스가 가능하다고 한다. 철학자들은 호모 사피엔스를, 레저 산업 종사자는 호모 루덴스를, 경제학자는 호모 에코노마쿠스를, 종교인은 호모 릴

리글로수스를 주장할 것이다. 호모 하빌리스(능력의 인간), 호모 파베르(도구의 인간), 호모 로퀜스(언어의 인간), 호모 아르텍스(예술의 인간), 호모 폴리티쿠스(정치의 인간)는 물론, 심지어 호모 마지쿠스(마술하는 인간)까지 등장했지만, 여기서 간과된 인간의 본질적 특성이 있다. 그것은 호모 식스센스(예감의 인간)*이다.

인간은 예감의 동물인 것이다.

그리고 그 예감의 대부분은 긍정적인 것보다, 부정적인 것일수록 잘 들어맞는다.

공평수에 관해서도 그랬다.

복싱에 대해 생무지였고, 공평수와 아버지의 관계에 대해서도 속속들이 알지 못했지만, 나는 왠지 불길한 예감이 들었다. 근거는 없었지만, 언젠가 아버지와 공평수가 손을 잡을 거라는 예감이었다. 불행한 예감일수록 더 잘 들어맞는다 했던가. 아버지는 공평수에게 당연한 듯 손을 내밀었고, 공평수와 헤드 역시 안 그러면 안 된다는 듯 손

---

* 찾지 마라. 내가 방금 만들었다.

152

을 맞잡았다.

물론, 그것이 끝이 아니었다. 그렇다.

공평수의 다음 시합 상내는 앙징필이었다.

라운드 10

사람들은 살면서 죽고 싶다는 생각을 몇 번이나 할까.

한 번, 두 번, 세 번, 아니면 삼천삼백육십오 번?

모르겠다.

강한 의지와 긍정적인 자세로 한 번도 하지 않는 사람도 있을 것이고, 눈을 떠서 눈을 감을 때까지 끊임없이 이 생각을 되뇌는 사람도 있을 것이다.

그런 사람들의 공통점이 있다.

상대가 무슨 말을 물어도 그 질문이 무엇인지도 모르고 대답하고, 시선에는 언제나 초점이 없다. 초점이 뚜렷하다면, 그건 필시 그가 허공의 한 점을 응시하며 본격적으로 절망의 세계에 빠져들었기 때문이다. 그 심정을 어떻게 아느냐고 묻는다면, 섬에 있었던 당시의 내가 바로 그랬기 때문이다.

연지가 이별을 고하자, 갑자기 세계의 한 귀퉁이가 무너져 내린 느낌이었다.

아니, 과장하고 싶진 않지만 내 몸의 일부가 녹아내린 느낌이었다.

나는 왜 지금 여기에 와 있는가? 그 의문이 사라지지 않았다. 당연했다. 나는 연지와 결혼을 하기 위해 장인이 될 뻔한 이건수 교수의 말대로 결혼 자금 2000만 원을 준비하기로 했다. 그리고 그 2000만 원을 위해 말도 안 되는 인간 망종 공평수의 자서전을 쓰기로 했고, 그 인간이 정말이지 말도 안 되는 복귀를 한다고 해서 전지훈련을 하는 섬까지 따라왔다.

그런데 막상 섬에 오니, 이 긴 결론의 도화선인 연지와의 관계는 꺼져 버렸다. 언제 타 본 적이 있기라도 했느냐는 듯 관계의 선이 잘려 나갔다. 나는 섬에서 하루에도 몇 번씩 나가려는 생각을 해 보았다. 그런데 일상을 벗어나고 보니 내 일상을 채우고 있는 게 무엇인지 보였다. 쉴

새 없이 옷을 벗어젖혀야 하는 소희, 2년 뒤에 발간하기로 한 내 소설집, 희태 형이 옛정을 생각해 더 얹어 줬다는 석 달 치 원고료 200만 원……. 그것도 생각지 못한 밀린 월세와 체납된 각종 요금을 해결하고 나니 겨우 20여만 원 남았다.

간혹 목표 지향적 인간 중에 눈앞의 푯대를 향해 돌진하는 유형이 있다. 극단적인 경우에는 그 푯대 다음에 무엇이 있는지 보지 못하기도 한다. 어떻게 그 꼴을 아느냐고 하면, 내가 그랬기 때문이다. 나는 멍청하게도 2000만 원을 마련하기까진 월세 지출을 아껴야 한다는 생각에, 고시원으로 옮겼다. 당연히 고양이 똥구멍만 한 곳이었다. 그래도 연지와의 결혼을 생각하니 의자를 책상 위에 올려놓으면 다리를 뻗고 잘 수도 있고, 고시원 책상에 앉아 글을 쓰니 글도 잘 써져 오히려 지낼 만하다 싶기도 했다. 그러나 연지가 떠난 마당에 그곳으로 돌아가려니 모든 것이 무의미해졌다. 섬에 있다는 사실이 무의미해져야 맞는데, 막상 서울로 돌아가려니 서울로 돌아가는 것도 무의미해졌다. 가진 것 없고 무엇을 가져야 할 필요도 없는 인간이, 욕망이 이글대는 도시, 서울로 가면 뭐하나. 아니, 더 나아가 서울에 살면 뭐하나. 아니, 더 더 나아가 과연 내가 살아서 뭐하나. 굳이 내가 살 필요가 있나 하는 생각마저 들었다. 말도 안 되는 구실을 주렁주렁 달아 소희의 옷을 벗기고, 다리를 쩍쩍 벌리기 위해서? 더욱 말도 안 되는 공평수 자서전을 쓰기 위해서? 아니면 꾸역꾸역 살아남아, 잘되리란 보장도 없는 내 소설집 출간을 보기 위해서? 무엇 하나 근사한 생존의 이유가 되지 못했고, 서울로 돌아가야 할 이유는 더더욱 되지 못했다. 도대체 이런 식으로 살아가야 하는가 하는 의문이 하루에도 수십 번씩 들었다.

그러다 근원적인 생각에 다다랐다.

그것은 내 능력의 문제였다.

공평수가 나를 섬에 데려온 건, 삼류 자서전을 위해 어설프게나마 있는 내 능력 때문이었고, 궁극적으로 연지가 내 곁을 떠나 버린 것도 애매하기 짝이 없는, 그러니까 아예 없는 것도 아니고, 그렇다고 현실 문제를 뚜렷이 해결할 수도 없는 내 능력 때문이었다. 그렇다면 내 능력이란 무엇인가. 나는 언제까지 이런 생활을 해야 하고, 내 능력으로 할 수 있는 것은 또 무엇인가. 타자를 치는 것밖에 없단 말인가. 내가 치는 활자들이 가진 금전적 능력이라는 것 역시 고작 3320원 아닌가. 과연 이것의 가치는 무엇이란 말인가. 겉으로는 한 사람의 영혼을 바꾸고, 삶의 길을 낸다고 하지만, 정작 이를 위해 마모되고 소리도 없이 으스러지는 나는 어쩌란 말인가. 그때 나는 공평수에게 초능력이 있다면, 그 말도 안 되는 초능력이라도 빌려 오고 싶은 심정이었다.

그런데 초능력으로 그가 내 마음을 읽었는지, 아니면 절박했던 나의 심정이 해석을 이끌어 낸 것인지, 아니면 (이게 가능성이 가장 낮지만) 정말 멀쩡한 그가 내 마음을 알고 자신의 행동으로 메시지를 전한 건지, 나는 그만 마음이 바뀌어 버리고 말았다.

*

사실 이 말은 내 입으로 하기 부끄러워 꾹꾹 참아 왔다. 하지만 어쩔 수 없이 해야겠다. 우선 섬에 간 것부터가 조금씩 꼬이기 시작했던 것이다. 나는 섬에 갈 생각이 전혀 없었다. 그런 내가 어째서 추도라는 외딴섬까지 가게 됐느냐면, 내게도 최소한의 자존심이 남아 있었기 때문이다. 지금 자존심이라고 했는가. 그렇다, 자존심이다. 나는 내게 자존심이란 게 남아 있는지조차 몰랐다. 간혹 지면에 인쇄된 활자를 보며 "아, 이런 단어도 있었지. 자.

존. 심." 하며 그 단어의 존재를 확인하거나, 간혹 텔레비전에서 새어 나오는 대사 속에서 그 단어를 들으며 "아아, 내게도 한때 저런 단어가 살아 있었던 적이 있었었더랬지"라며 대과거의 대과거의 과거쯤 되는 표현으로 내뱉었던 바로 그 단어, 자존심 말이다.

헤드는 글을 쓴다는 사람이 어째서 훈련 장소에도 안 가 보고 글을 쓸 수 있느냐고, 그러면서 무슨 작가라 할 수 있느냐고, 소설가들은 원래 자서전도 소설로 쓰느냐고, 그러니까 등단을 하고서도 남의 자서전 대필이나 하는 게 아니냐고, 아니, 그것보다 현장에 가지도 않고 간 것처럼 써 대는 거야말로 사기꾼 아니냐고, 나를 몰아붙였다.

이런 말을 듣자마자, 내 혈관 속의 피가 용광로처럼 들끓고, 반드시 실천적인 작가의 모습을 보여서, 이들의 코를 납작하게 해 줘야겠다! 라는 다짐 따위 물론 하지 않았다. 나를 자극하려는 속셈이 뻔히 보였으므로, 나는 서울로 사진이나 몇 장 보내 주면 그걸로 풍경 묘사하고, 훈련에 대해서도 적당히 이야기해 주면 그럴듯하게 써 주겠다고 했다. 그런데, 공평수 이 인간이 진짜 미쳤는지, 아니면 진짜 제정신인지, 내게 이런 말을 했다.

"비운의 선수, 게으른 천재, 시대가 몰라본 선수. 이런 말 들으면서 자위할지도 모르지. 그건 정말 허망한 자위일 뿐이야. 평생 그렇게 변명할 텐가. 나는 지금 내 이야기를 하는 게 아니야."

어쩐지 공평수가 작심하고 이런 말을 하니, 2000년 전쯤에 실종돼 버린 줄 알았던 자존심이 꿈틀거렸다. 평소에는 발동은커녕 남아 있기나 한 건지 의문스러웠던 자존심이 하필이면 그때 회생한 것을 나는 당연히, 후회했다. 일찍이 현명하고 처세술에 뛰어났던 할머니는 내게 종종 이런 말씀을 하셨다.

"루한아, 도저히 비참해서 못 참겠다 싶을 때 조금만 더 참으면 몸이 편해진단다."

나는 물론 처음부터 그 뜻을 이해하진 못했다. 그 의미를 뒤덮었던 안개가 걷힌 것은 나의 작은아버지, 그러니까 자신의 유소년기를 '13세 때 이미 적수가 없고 친인척 사이에 인간 악마라 불리었던 소년 남강호'의 샌드백으로 살아왔던 그가 눈물로 새겨진 고통의 나날로부터 벗어나기로 작정한 날, 스스로에게 주입했던 말을 전해 들었을 때였다. 그가 결심을 한 것은 자신의 육체에서 사라진 적이 없었던 멍 자국을 보고 어느 날 문득 '이건 애초부터 몽고반점이 아니었나'라는 착각에 빠져, 자기 방의 쓰레기통을 열어 보니 그 안에는 죄다 허리를 비튼 연고와 텅 빈 안티프라민의 시체로 가득한 징면을 목도했기 때문이다. 그제야 '완력으로는 도저히 형의 상대가 안 된다'라는 자신만 모르고 모두가 알았던 사실을 깨닫고, 이럴 바엔 차라리 평생 마하트마 간디처럼 비폭력·비저항 운동을 생활 속에 실천하는 게 낫겠다고 여긴 것이다. 그때의 결심을 평생 가슴에 품고 살아온 그는 나를 비롯한 조카들을 모두 모아 놓고 의기양양하게 이런 말을 했다.

"도저히 빌 수 없을 때, 한 번 더 빌면 몸이 편해진다."

나는 그제야 그 뜻을 온전히 이해하고, 자존심을 지키는 것은 끝이 보이지 않는 기나긴 인생 항로에서 광포한 폭우 속에 몸을 던지는 것과 같다는 것을 이해하고 살아왔으나, 어쩐지 저 공평수의 시장 바닥에나 뒹굴 법한 싸구려 수사(修辭)의 망에 걸려 그곳 추도까지 끌려가고 만 것이다. 게다가 할머니의 눈물 어린 관찰과 작은아버지의 피멍 어린 경험에서 우러나온 교훈을 망각한 나는, 그때

허영뿐인 자존심의 마성에 현혹돼, 취재 · 관찰 · 분석은 물론, 기초 훈련까지 함께하겠다고 호언장담해 버리고 만 것이다.

물론 섬에서의 첫날 아침, 나는 눈을 뜨자마자 땅을 치고 하늘에 읍소라도 하고 싶은 심정이었다. 그러므로 공평수와 헤드가 첫날 훈련을 한다 했을 때, 정말이지 마지못해 따라나섰다. 마음이 무거운 자는 몸까지 무거운 법인지라, 내 발은 천근만근이었다. 앞으로 이 힘든 훈련을 어떻게 버틸 수 있을까, 어떤 핑계를 대서 빠져나갈까, 아무래도 적어도 일주일 정도는 해야겠지, 그러다가 '손가락이 생명인 작가에게, 오른쪽 손가락 뼈마디와 왼쪽 발가락 뼈가 연결되어 있으니 무리해서 뛸 수는 없다' 따위의 변명이라도 해야겠지, 라는 궁리를 하며 뛰다, 문득 정신을 차리고 앞을 보니 아무도 없었다. 아니, 벌써부터 이렇게 차이가 많이 나면 앞으로 정말 힘들겠다 싶어, 기왕 이렇게 된 거 몰래 집으로 돌아가 버리자는 생각에 뒤로 돌아섰는데, 저 멀리서 눈물 · 콧물을 쏟아 내며 구토 직전의 얼굴로 쫓아오는 공평수와 헤드가 보였다.

나는 이 상황이 도대체 뭔가 싶었다.

기왕에 내려온 거, 할 일도 없으니 일단 자서전이나 대충 써 놓고 보자 싶었다. 물론 타인의 몰락을 겉으로는 위로하는 척하면서 속으로는 기뻐하는 위선적 인간들을 위한 글이 될 것이다. 평전 형식으로 쓴 첫 장은 이랬다.

한때는 챔피언이라 불리었던 사나이, 황금 장식이 붙은 3kg의 벨트를 위해 땀과 영혼의 눈물까지 쏟아부었던 남자, 세상의 환호와 열광을 단신의 온몸에 받고, 그 짧은 환호 속에서 급격히 잊혀 간 인물, 열광의 소나기가 지나고 난 후 그에게 남겨진 것은 메마른 일상 속에서 매일매일 버텨야 했던 삶의 전쟁밖에 없었다. 그는 링 위에서는 승자였지만, 링 아래의 '삶'이라는 격전장에서는 1라운드도 버텨 낼 힘이 없는 무력한 존재였다. 그는 한때 세계 챔피언으로 불리었고, 지금은 세상으로부터 미치광이로 불리고 있다. 나는 이제 영광의 첨탑에서 추락하여, 먼지 이는 사막에서 뒹굴고 있는, 가진 것이라고는 초라한 주먹밖에 없는 한 몰락한 남자의 이야기를 하려고 한다.

써 놓고 보니 공평수에게 약간 미안한 마음이 들긴 했

다. 하지만 이렇게 하지 않고서는 관심을 받을 수 없거니와, 무엇보다 내가 기술한 내용이 사실이므로, 나로서도 어쩔 수 없었다. 아무튼 이제부터 하루에 200자 원고지 20매씩 써야겠다는 작정을 했다. 맙소사. 작정이라니. 내 소설을 위해서도 작정하지 않는데, 이런 인간 망종 미치광이 현실 부적응자를 위해 작정이라니. 나는 순간 작정이라는 단어의 존엄성을 훼손한 것 같아, 몹시 미안한 마음이 들었다. 뿐만 아니라, 작정과 비슷한 세계에 살 법한 결심 · 결의 · 작심 · 의지 · 의욕에게까지 사죄의 심정이 들었다.

잠시였지만 오랜만에 집중해서 쓴 탓인지 어깨와 목이 뻐근했다. 그래, 작가라면 이정도의 질병은 가지고 있어야지, 라는 심정으로 깍지를 끼고 팔을 쭉 펴 어깨 근육을 푸는데…… 후다닥하는 소리가 들렸다.

뭔가 싶어 방문을 열어 보니, 공평수가 검은 땀복을 입고 다시 달려 나가는 것이 보였다. 뒤뚱거리는 발목엔 모래주머니가 묶여 있었다.

164

*

그 뒤부턴 이 인간이 미쳤나 싶었다. 아니, 원래 미친 인간이었으니, 더 미쳤다는 게 맞겠다. 밤마다 입에 깔때기를 물고 농약을 퍼부어 대는지, 아니면 미친개에게 물렸는지 더 이상해지기 시작했다.

부스럭거리는 소리에 눈을 떠 보니, 새벽 6시도 안 됐는데 운동복을 챙겨 입고 나서는 거였다. 무슨 70년대 활극 찍는 것도 아닌데, 복수를 위해 심기일전한 주인공처럼 머리까지 짧게 잘랐다. 땅딸막한 키에 몇십 년간 소주·맥주·위스키 및 각종 혼합주와 소·돼지·닭·양 안 가리고 마구 먹어 온 고기 때문에 불룩 나온 배는 가관이었다. 게다가 간밤에 차곡차곡 축적된 욕망의 결과물이 주요 부위에 잔뜩 집중돼 있는 모습이란, 아니, 어째 저런 열정은 식지도 않나 존경스러울 지경이었다. 운동복을 입자마자 씩씩거리며 뛰는 모습이 영락없이 발정 난 개가 욕정을 주체하지 못해 제풀에 지칠 때까지 뛰어다니는 꼴이었다. 그런데 어찌 된 영문인지 이 양반이 그 나이에 무슨 성호르몬 분비가 잘못됐는지, 아니면 정말 밥 대신 쥐약을 먹고 물 대신 농약을 마셨는지, 그다음 날에도 그다음 날에도, 그리고 그다음 주까지도 계속 뛰는 것이었다.

불룩했던 배가 점점 들어가기 시작하더니 얼굴의 살도 빠지고, 면도를 하지 않아 수염이 거뭇거뭇 자라자 뭔가 비장한 결기, 라기보다는, 본격적으로 미치광이처럼 보였다. 점점 더 미쳐 가는 몰골로 매일 뛴 것이다. 적게는 10km, 많게는 15km씩. 나는 물론 대충 뛰어 놓고 거리를 둘러대서 말하는 줄 알았다. 그런데 함께 뛰고 나서 알았다. 그는 뛸 때마다 전봇대의 개수를 정확히 셌던 것이다. 전봇대는 50m마다 하나씩 심겨 있었다. 전봇대 100개를 기점으로 하여 10km를 뛰거나, 150개를 기점으로 해서 15km씩 뛰는 식이었다. 땀복을 입고 뛰었으므로 멈출 때면 얼굴과 머리에서 온천처럼 수증기가 뿜어져 나왔고, 그럴 때마다 알 수 없는 희열의 웃음을 지어 보여, 예의 그 침이 입에서 흘러내렸다. 그 모습은 발정 난 한 마리 광견 같았다.

게다가 양 발목에 모래주머니까지 차고 달렸는데, 그는 그 고통의 과정이 끝날 때마다 예의 그 광견의 미소를 선보였으니, 이는 마조히스트가 아니고선 도저히 할 수 없는 과정이었다. 뛰는 동작 역시 뒤꿈치를 들고 뛰었는데, 멀리서 본다면 소녀들만 탐하는 50대 변태 성욕자의 모습 같았다. 가끔씩은 전봇대 두 개의 거리를 전력 질주하고 나서 30초 정도 가쁜 숨을 몰아쉬고, 다시 그 앞에 있는 전봇대 두 개의 거리를 전력 질주하고 또 30초 쉬는 것을 반복했는데, 그는 그런 식으로 5km 정도를 뛰었다. 문득 그럴 때마다, 혹시 이 인간이 정말로 재기를 위해서 저러는 걸까 싶었지만, 물론 그런 생각이 오래가진 않았다.

아니나 다를까, 아침 운동을 다녀와서 밥을 먹고 나면 게으른 본성이 돌아오는지, 그는 언제나 늘어지게 잤다. 그러다 오래 자서 허리가 아픈 모양인지 다시 눈을 뜨면 숙소 뒤에 있는 폐교로 가서 역기를 들고, 복근 운동과 줄넘기를 했다. 그는 항상 3분 단위로 끊어서 운동을 했는데, 말로는 복싱의 한 라운드가 3분이기 때문이라 했다. 그렇기에 줄넘기도 3분, 샌드백 치기도 3분, 섀도 복싱도 3분씩 끊어서 했는데, 내가 볼 때 그건 전적으로 그의 체력이 3분을 넘길 수 없기 때문인 것 같았다. 이런 훈련만으로도 하루에 300~500g의 체중이 빠져나갔고, 아무튼 3분 동안 운동하는 것을 한 라운드라 했을 때, 그는 오후 2시가 되면 자다 일어나 줄넘기를 5라운드, 복근 운동을 100회, 샌드백 치기를 5라운드, 섀도 복싱을 5라운드 했다. 그리고 예의 그 마조히즘적 성향과 변태 성욕적인 취향이 결합된 탓인지, 여전히 양발의 앞부분만을 디디면서 뛰었다.

하지만 돌이켜 생각해 보면, 그건 복싱에서 밟는 모든 스텝이 발의 앞부분으로만 뛰는 것이기에 공평수는 철저히 계산된 훈련을 한 것이었다.

물론 나는 그때 초능력 운운한 공평수의 무능력과 한
심함에 압도되어 그런 것들을 진심으로 받아들일 수는 없
었다.

*

공평수에 대한 생각이 조금씩 바뀐 것은 그 후부터였
다. 사실 나는 복싱 선수들의 훈련 방식에 대해 잘 몰랐
다. 하지만 헤드는 보통의 경우, 복싱 선수들은 저녁에는
쉰다고 했다. 공평수는 저녁이 되면 언제나 다시 일어나
부둣가에 있는 가로등을 샌드백 삼아 그 주위를 돌며 주
먹을 뻗었다. 주먹이 나가고, 그의 입에서 입김이 나갔다.

한번은 자서전 원고를 끼적이는데 창가를 노크하듯 두
드리는 빗소리가 들려왔다. 나는 빗물이 떨어지는 바다를
볼 심산으로 항구 쪽으로 나갔다. 해수면에 빗물이 떨어
져 작은 동심원들이 피었다 지고 있었다.

공평수는 그 풍경을 뒤로하고, 훈련을 하고 있었다. 트
레이닝복에 달린 후드를 뒤집어쓴 채, 손에는 붕대를 감
고 빗줄기를 비추고 있는 가로등을 향해 주먹을 뻗고 있

었다. 어느덧 체중을 감량한 53세의 공평수는 놀랍게도 상체를 좌우로 날렵하고 리드미컬하게 움직이고 있었다.

그의 매끄러운 동작 뒤로 달빛을 받은 밤바다가 보였다. 바람의 입김으로 밤바다의 살결은 파르르 떨리고 있었다. 허공엔 빗방울이 애잔하게 뿌려지고 있었고, 그 허공으로 상체를 움직이며 주먹을 뻗는 공평수는 흡사 빗방울이라도 때리려는 듯했다. 그 풍경은 어떤 힘이 있었는지 나를 얼어붙게 했다. 나는 먼발치에 서서 발을 떼지도 못한 채, 그의 동작을 계속 응시했다. 주먹은 허공을 향해 뻗어지고 있었고, 그 허공 속에서 빗물이 부서지고 있었다. 왠지 모르게, 그를 조롱했던 언어와 멸시했던 눈빛들도 부서지고 있다, 는 느낌을 받았다. 그의 훈련이 단지 복싱만을 위한 것이 아니라는 생각도 들었다. 그리고 삶은 무의식적으로 이산화탄소만 내뱉으면 살아지는 게 아니라는 걸 보여 주는 하나의 주장처럼 인식되었다. 그가 뻗는 것은 주먹이지만, 그가 하는 것은 복싱이지만, 그의 행위에는 그 어떤 주장이 담겨 있는 것 같았다.

그날 밤 그로부터 받은 인상의 이유가 무엇인지 나는 알지 못했다. 그러나 내게 보여 주려 의도하지 않은 훈련을 지켜본 날 밤, 내 안에 그간 쌓여 온 그의 웅변들이 나를 흔들고 있었다. 흔들리며, 의미 없는 행동들이 날아가고, 본질만 하나둘씩 가라앉는 기분이었다. 터무니없는 것처럼 보였던 그의 행동과 주장들이 하나둘씩 정리되는 느낌마저 들었다.

라운드 11

섬을 떠나는 날 아침, 나는 항구에 서서 은빛으로 출렁이는 물비늘을 바라보았다. 섬에 있는 동안 바다가 세상과 나를 단절시켰다고 생각했지만, 떠나는 날 아침 보니 세상과 나를 단절시킨 것은 나 자신이었다. 바다는 그저 나를 적당히 떨어뜨려 주고, 격정적으로 휘몰아칠 수 있는 염려들을 적절히 막아 주고 있었다. 섬을 떠나는 날, 공평수와 헤드가 부두에 나와 손을 흔들어 주었다. 둘은 트레이닝복을 입고 있었고, 나는 소설과 자서전 원고가 담긴 가방을 들고 있었다. 배는 긴 모터 자국을 물 위에 새기고 그만큼의 긴 여운을 남기고 섬을 떠났다.

서울로 돌아와서 소설을 쓰려고 생각하니, 나 자신이 한심했다는 생각이 물밀 듯 밀려왔다. 그동안 어째서 나는 혼자서 결심도 못 하고 있다가, 공평수 같은 인간에게 자극을 받고 나서야 결심을 했단 말인가. 많고 많은 사람 중에 하필이면 공평수란 말인가. 소설을 쓰기로 결심한 것 자체는 부끄럽지 않았지만, 공평수 때문에 결심했다는 사실이 꽤나 부끄러웠다. 그래서일까. 나는 이상하게도 저 인간에게 자극받아서 쓰기로 했으니, 적어도 저 인간보다는 잘해야겠다는 생각을 했다. 공평수가 10연승을 하건, 다시 챔피언이 되건, 분야는 다르지만 더 나은 소설을 써야겠다 싶었다. 그러니 어쩔 수 없이 열심히 쓰게 되었다. 섬에서 공평수가 그랬던 것처럼 매일 아침 6시에 일어나 세수를 하고, 한강에 나가 뛰었다. 새벽의 강바람은 찼지만, 그럴수록 새로운 기분이 내 혈관을 타고 흘렀다. 물론 다른 이름의 인물을 내세우긴 했지만, 자전적 성장 소설이다 보니 글을 쓰는 동안 나는 정리되는 기분이 들었다. 과거의 내가 어떻게 행동해야 좀 더 적절했을지, 그때로 돌아갈 수 있다면 또 어떻게 해야 좀 더 그럴듯하게 해낼 수 있을지 길이 보였다. 어리석은 자들이 모두 그런 경로를 걷겠지만, 나는 지금이라도 과거를 직시하고 현재를 보게 된 것을 다행이라 여겼다. 그것은 영혼을 씻는 시간과 같아서, 삶에서 반드시 겪지 않고서는 다음 문으로 나아갈 수 없는 단계와 같았다.

글을 쓰면서 나는 자아를 마주하게 됐다. 그 글을 통해 내 자아가 확장되는 기분마저 들었다. 그것은 공간과 시간의 틀을 깼다. 몸은 2평 남짓한 고시원에 있었지만, 영혼은 고시원 담을 넘어 도시를 넘고, 세계를 넘고, 우주로 떠다녔다. 나는 물론, 현재에 머물러 있었지만, 마찬가지로 과거와 미래를 넘나들게 되었다. 아침마다 내면의 여행을 하다 보니, 감옥에 있는 사람들이 왜 영혼의 확장을 경험했다고 하는지 이해할 수 있었다. 공간의 범위는 물리적 개념이 아니라 심리적 개념이며, 그 넓이 역시 신체가 움직이며 규정짓는 것이 아니라 영혼이 떠다니며 규정하는 것이라는 걸 알게 되었다.

공평수는 나보다 한 달을 더 보낸 후, 올라왔다. 내게서 연지마저 떠나자 더 이상 잃을 것이 없게 되었듯, 공평수 역시 더 이상 잃을 것이 없게 되었다. 공평수 같은 인물이 더 이상 잃을 게 뭐가 있나 싶었지만, 그가 이혼을 당해 버리자 그에게도 가족이 있었다는 사실이 새삼 떠올랐다. 가족의 입장에서도 미치광이라 손가락질 당하는 남편, 아빠와 함께 사는 게 힘겨웠을 것 같았다. 게다가 링으로 돌아간다는 행위조차 납득하기 어려웠을 것이다. 그러나 기이하게도 공평수는 가족들을 설득하지 않았다. 그래서 가족들은 더욱 배신감을 느꼈을지도 모른다. 어쨌든, 아내는 마치 준비라도 되어 있었다는 듯, 이혼을 하자마자 딸을 데리고 뉴질랜드로 떠났다. 이전에 둘을 본 적은 없지만, 그 뒤로도 볼 수 없었다. 공평수는 의외로 담담하게 말했다.

"어차피 죽게 되면 다시 만나게 되어 있잖아."

그 후의 소식은 당신이 아는 바와 같다. 그는 3연승을 했고, 세상은 그의 승리에 열광했다. 그는 여전히 무대 위에서 우스꽝스러운 짓을 연발했고, 나로서는 이제 그것이 진심인지 거짓인지 헷갈렸다.

한번은 공평수에게 물어보니, 이런 대답을 했다.

"실은 내가 천재인데 말이야, 세상은 그렇게 생각하지 않나 봐. 뭐, 그럴 수 있지. 평범한 사람들이 나를 이해하긴 어려우니까. 그런데 나도 헷갈리는 게, 자꾸 미친 척하다 보니, 어느 순간 내가 미친 게 아닌가 하는 생각이 들어. 왜, 사람은 하는 대로 따라간다잖아."

사실, 나는 이 말을 들었을 때, 그가 반 정도는 미쳐 있다는 생각을 버리지 않고 있었다. 따라서 나로서는 뭐라고 정확히 결론 내리기가 더 어려워졌다. 어찌 됐든 그의 기행은 계속되었고, 그런 모습에 사람들은 웃고, 열광하고, 때론 손가락질하면서도 관심을 보였다.

공평수가 훈련을 마치고 돌아왔을 때, 그의 체중은 어느새 10kg이나 빠져 있었다. 그러나 그는 이미 53세의 중년 사내였다. 비록 추도에서 피를 뽑는 수준의 체중 감량을 했으나, 챔피언이 됐던 26년 전보다 네 체급 위인 라이트급으로 등록해야 했다. 반면, 3연패를 한 양정팔은 놀라운 체중 감량을 감행해 세 체급이나 내려왔다. 그래서 어느덧 공평수와 같은 라이트급이 되었다. 신장이 30cm 가까이 차이 나는 두 선수가 같은 체급으로 뛴다는 것만으로도 기이한 일이었지만, 둘 다 아버지가 프로모터인데 맞붙게 되었다는 것은 더욱 기이한 일이었다. 보통은 다른 프로모터의 소속 선수들이 시합에서 붙어 격전을 벌이는 것이 상식인데, 어째서 같은 프로모터 소속 선수들끼리 시합을 한단 말인가. 물론, 그래서 안 된다는 법 같은 건 없지만, 둘 중 한 명은 질 수밖에 없는 시합의 속성상 어느 프로모터가 자기 선수 중 패자가 나오는 걸 반긴단 말인가. 나는 이 시합이 어딘가 이상하게 틀어져 있다는 느낌을 받았다. 그러나 그 틀어짐의 실체가 과연 어떤 것인지 알 수 없었으므로, 젖은 팬티를 입고 양복을 입은 것처럼 찜찜한 기분이 영혼에 달라붙었다. 더 께름칙한 것은 그렇다고 내 입장에서 딱히 뭐라고 따질 만한 부분도 없다는 것이었다.

그러다 문득, 번뜩하며 떠올랐다!

마치 영화 필름처럼 한 장면이 눈앞에 선명하게 펼쳐졌다.

양정팔 시합 분석 테이프.

공평수가 두 시간 전에 내온 식은 유자차를 식게 하겠노라며 유자차를 노려보던 그날, 공평수의 사무실에 있었던 바로 그 비디오테이프. 거기엔 분명히 씌어 있었다.

양정팔 시합 분석 테이프.

갑자기 온몸에 돌기가 돋고, 두려움이 밀려왔다. 설마 공평수는 이 모든 상황을 알고 있었단 말인가. 아니면 아무것도 모른 채 만반의 준비를 갖춰 왔던 것인가. 그것도 아니라면, 혹시, 내가 모르는 무언가가 아버지와 공평수 사이에 오갔단 말인가.

나는 어느새 아버지에게로 향하고 있었다.

*

    양정팔이 훈련을 하는 체육관엔 형광등이 여러 개 켜져 있었다. 창이 넓어 가을 햇살이 호기롭게 들어오고 있었고, 한쪽 벽면엔 챔피언 트로피와 장정구, 유명우, 박종팔, 김태식, 유제두, 백인철 등의 챔피언들이 복싱 팬티 차림으로 포즈를 취한 사진이 걸려 있었다. 은퇴한 챔프들의 눈빛은 당장이라도 링 위에서 12라운드를 소화할 수 있을 정도로 호전적이면서도 의지가 충만했으며, 몸에는 잠시도 긴장을 놓친 적이 없을 만큼 땀의 흔적들이 가득했다. 아버지는 셔츠에 재킷을 입고 팔짱을 낀 채, 턱짓으로 왔느냐는 인사를 했다.

    "어떻게 된 거예요? 양정팔 시합?"

    나는 인사말도 없이 따지듯 물었다.

    "어떻게 된 거냐니? 시합이 그냥 시합이지. 요즘처럼 시합 잡기 어려운 때는 같은 소속 선수끼리라도 붙여서 시합을 유지하는 수밖에 없어. 안 그러면 복싱 시합 자체가 없다."

    단순히 묻기만 했는데, 이렇게 변명조로 나오는 걸 보니 더 이상하게 생각할 수밖에 없었다. 그러나 아버지는 더는 말할 생각이 없다는 듯 단호하게 고개를 돌려 링 위로 시선을 고정했다. 복싱 팬티 차림의 양정팔이 로프 앞에 서 있었다. 목을 풀고 있는 게 스파링을 할 모양이었다. 코치가 두 번째 로프를 눌러 주자, 양정팔은 허리를 숙여 링 안으로 들어섰다. 8kg을 감량한 양정팔의 몸은 군살이 없음은 물론, 하나의 단단하고 날카로운 창처럼 보였다. 복부엔 金 자가 뚜렷이 새겨져 있었고, 가슴과 어깨엔 날카롭고 탄탄한 근육이 돋아 있었다. 가드 자세를 취했을 때도 그의 등은 선명한 암벽 단면처럼 보였다. 공이 울리자마자 스텝을 밟는 그의 몸은 가뿐했고, 상대 선수가 팔을 뻗으면 잽싸게 백스텝을 밟으며 몸을 뒤로 뺐다. 그는 전형적인 아웃 복서처럼 원을 그리며 상대 주변을 돌았다. 기복이 심하고 연패에 빠진 선수치고는 움직임이 깔끔했다. 가끔씩은 힘이 남는 듯 왼발 오른발을 바꿔 가며 상대의 심리를 건드리는 행동도 과감히 질렀다. 1회전 내내 자신의 전술을 시험하듯 팔 한 번 뻗지 않고 상대의 주먹을 피하기만 했다. 스텝을 뒤로 밟기도 했고, 허리를 숙이고 상체를 좌우로 흔드는 위빙 동작을 취하기도 했다. 때로는 농락하듯 시선을 상대에게 고정한 채 상체만 뒤로 뺐다. 그럴 때는 가드 동작을 취하지 않았다. 양 주먹을 가슴 위에 올려놓고 아예 얼굴을 노출해 버렸다. 그 상태로 허리만 뒤로 젖혀 상대의 신경을 잔뜩 건드렸다. 나는 기복이 심한 선수가 저래도 되나 싶어 지켜보았다. 생각보다 동작이 날렵했고, 공평수와 같은 아웃 복서라 과연 누가 먼저 공격을 할지도 궁금했다. 그는 작정하고 피하기만 하다 1라운드를 끝냈다.

양정팔은 코너로 돌아와 팔을 로프에 길진 재 말없이 정면을 응시하며 1분 동안 앉아 있었다. 코치도 양정팔에게 어떠한 말도 하지 않았다. 공이 울리자, 양정팔은 1라운드와 같은 방식으로 마치 스텝을 연습하러 나온 사람처럼 스파링 파트너의 주먹을 피했다. 2라운드가 끝났다.

코너에 앉아서는 다시 팔을 로프에 얹은 채 말없이 앉아 있다가, 쉬는 시간이 끝날 즈음 코치와 눈을 마주 보고 고개를 한 번 끄덕였다. 코치도 고개를 끄덕였다.

3라운드를 알리는 공이 울리자, 양정팔은 뚜벅뚜벅 링 가운데로 걸어가더니 움직이지 않고 그저 자세만 취하고서 있었다. 전혀 움직이지 않았다. 그러자 2라운드 동안 줄곧 공격만 해 오던 스파링 파트너의 태도가 바뀌어 버렸다. 코너 쪽에서 얼어붙은 채 발도 떼지 못했다. 그래도 양정팔이 전혀 움직이지 않자 마지못해 양정팔의 주변을 기웃거렸다. 가벼운 잽을 뻗어도 양정팔의 몸까지 주먹이 닿지 않았다. 양정팔은 전혀 움직이지 않았다. 그러다가 양정팔이 가드 자세를 풀고 양팔을 허리 아래로 축 늘어뜨리자, 이때다 싶었는지 펀치를 날렸다. 양정팔은 기다렸다는 듯이 뒷발을 빼며 허리를 한 번 비틀었고, 어깨가 빠진 상대의 옆구리에 딱 한 번 훅을 날렸다.

거짓말처럼 상대의 몸이 잠시 허공에 떠올랐고, 동시에 '픽' 하는 소리가 체육관에 위압적으로 울려 퍼졌다. 순간적으로 몸이 떠올랐던 상대는, 착지하자마자 무릎이 꺾이며 그대로 꼬꾸라졌다. 헤드기어를 쓰긴 했지만, 얼굴 정면이 링 바닥에 박혔다. 헤드기어 위쪽으로 삐져나온 머리카락은 땀에 젖은 채 늘어져 있었다. 코치가 달려가 그를 일으켜 세웠으나, 눈동자엔 초점이 없었다. 양정팔은 코치 등에 업혀 가는 스파링 파트너를 응시했다. 그는 코너로 가서 글러브를 풀었고, 아버지에게 허리를 굽혀 인사했다. 아버지는 익숙한 표정으로 인사를 받았고, 그건 둘만이 공유한 인사법 혹은 메시지의 교환 같았다. 가설을 입증할 근거는 없었으나, 둘의 눈빛 어디에선가 그런 직감이 들었다. 마치 정황 증거는 산재하나, 유효한 증거물은 하나도 없는 재판 같았다.

나는 공평수에게 어서 이 사실을 알려야겠다 생각했다.

*

공평수는 이 상황을 다 알고 있었던 걸까. 아니면 단순히 양정팔이란 선수가 주목받을지도 모른다는 생각에, 복싱에 대한 애정으로 시합 분석 테이프를 봤던 걸까. 그것도 아니면 나에게 뭔가 숨기고 있는 걸까. 그런 생각을 하고 있는 와중에도 눈앞에 펼쳐진 풍경은 상념에 젖게 만들었다.

늦가을의 낙엽들은 색을 잃어 가고 있었으며, 아직 생명을 다하지 않은 잎들은 곧 닥칠 영원한 소멸에 앞서 생의 가장 화려한 옷을 입고 빛을 뿜어내고 있었다. 꺼지기 전의 불꽃이 가장 아름답고, 낙엽이 되기 전의 단풍이 수려하고, 죽기 직전의 불나방이 화려한 날갯짓을 한다는 것은 역설이었다. 그리고 공평수가 내게 한 말도 역설 중의 역설이었다.

"나 말이야. 사실 이번에 은퇴할 거야. 이게 내 마지막 경기가 될 거야."

그 말을 듣는 순간, 모든 것이 머릿속에서 증발돼 버렸다. 나는 도무지 이해할 수 없었다.

"아니, 왜 은퇴를 하겠다는 거예요?"

말이 없었다. 오로지 허공만 응시한 채, 자신의 말을 철회할 생각이 없다는 듯이 서 있었다. 그의 침묵은 웅변이었다.

"무슨 소리예요. 고작 네 경기 뛰려고 날 섬에 끌고 간 거예요!"

나는 고함쳤다.

"미안해. 나는 이제 은퇴해야 해."

"은퇴는 이미 30년 동안 했었다고요. 이제 막 재기를 시작하는데, 그게 도대체 무슨 말이에요. 또 머리가 어떻게 된 거 아니에요."

공평수는 쓸쓸한 웃음을 지으며, 샤워를 할 모양인지 수건을 목에 두르고 섰다. 땀에 젖은 그의 미소가 낡은 체육관의 아득한 햇살 아래 빛나고 있었다.

"누구에게나 은퇴할 때가 있는 거야."

나는 힘이 빠져 버려 체육관 벽에 기대섰다. 나무 바닥에 떨어진 땀방울과 천장에 걸린 샌드백, 단단하게 로프가 쳐진 링, 체육관 벽면을 둘러싼 때 묻은 거울, 기둥에 매달린 스피드 볼. 그것들을 차례로 봤다. 체육관의 공기는 수증기로 증발한 땀이 떠다니는 것처럼 끈적끈적했다. 그러나 발아래는 어쩐지 냉랭한 기운이 가득한 것 같았다. 나는 그 차가운 체육관 바닥에 서서 과연 그는 무엇 때문에 복싱을 하는지, 왜 그런 선택을 했는지 이해할 수 없다는 생각을 했다. 체육관 한쪽에 걸려 있는 젊은 시절의 공평수는 호기롭게 눈을 부릅뜨고 있었고, 샤워장으로 들어가는 땀에 젖은 공평수의 등에는 생활인으로서의 흔적이 잔뜩 묻어 있었다. 그의 등에 대고 소리쳤다.

"그런다고 누가 알아줄 것 같아요! 그런다고 영웅이 될 것 같냐고요! 다 쓸데없는 낭만이에요. 도대체 뭣 땜에 이러느냐고요. 나는! 나는 도대체 뭐예요!"

공평수는 잠시 멈칫했지만, 아무 말 없이 샤워장으로 가던 발길을 이었다.

*

자서전에 대해 다시 생각해 봤다. 처음에는 말 그대로 돈 때문이었다. 오직 내가 했던 궁리는 그에게 과연 돈을 지불할 능력이 있는지, 그리고 이따위 허접한 자서전에 내 이름을 올리지 않는다는 조건, 그것뿐이었다. 그러나 그가 돌연 선수로 복귀하겠다고 했을 때, 내가 가지고 있던 생각이 조금씩 뒤틀리기 시작했다. 그것은 마치 결코 돌아올 수 없는 유년기를 어느 날 갑자기 돌려받거나, 이미 끝나 버린 계절이 다시 돌아온 것과 같은 아련한 기분에 젖게 만들었다. 그리고 심판에 의해 그의 오른손이 허공으로 올라갈 때마다, 자서전의 색채를 조금씩 바꿔야겠다는 생각이 나도 모르게 들었다. 미치광이가 된 전 세계 챔피언에서, 삶의 근육에 다시 긴장을 주는 한 사람의 이야기로 바꿔야 할 것 같았다. 그가 땀을 흘리는 만큼, 나도 펜대를 무겁게 쥐었다. 어쩌면 그때부터 나 스스로에게 주의를 줘 왔던 현실 감각을 잃었는지도 모르겠다. 어느 순간, 나는 원고료야 어찌 되든 상관없다고 여겼다. 그 대신 공평수가 자신의 삶에 정면 승부를 걸었듯, 나 역시 정면 승부를 걸어야겠다고 생각했다. 규정할 수 없는 어느 시점부터, 그렇게 여겼다. 연지와의 결혼 때문에 시작한 자서전 대필은 연지와의 이별로 그 이유를 잃었고, 1500만 원에 달하는 돈은 더 이상 필요 없게 되었다. 내게 많은 금전이란, 마치 혼자서 다 먹을 수 없는 성찬 같아서, 결국엔 파리 떼가 꼬이듯 필요 없는 생활의 겉치레, 진심 없는 사람들과 부딪치는 술잔만 쌓일 뿐이었다. 따지고 보면, 나는 더 이상 공평수의 자서전을 쓸 이유가 없었다. 하지만 나도 모르게 그의 이야기에 젖어 들었다. 그건 햇살 좋은 오후에 널어놓은 빨래를 제때 걷지 않으면 새벽이슬에 젖듯, 어쩔 수 없이 젖어 버리는 것이었다. 어쩌면 그가 흘린 땀방울에 내 일상이 젖고, 그가 쓰는 삶에 내 손이 움직였는지도 모르겠다. 나는 이미 목적을 상실한 자서전을 꾸준히 쓰고 있었다. 그리고 그것이 동력이 되어 나는 첫 장편소설을 쓰기 시작했다. 나의 상처와 수치가 담긴 자전적 장편소설 말이다. 그러고 보면 그의 이야기를 쓰게 된 것이 나의 이야기를 쓰게 된 것이고, 나는 그로 인해 나를 돌아보고, 앞으로의 나를 내다보고 있었다. 어느덧 그가 은퇴 경기를 승리로 빛내 주길 바랐다. 진심으로 그렇게 되길 바랐다. 그래서 그의 자서전 마지막 장이 아름다운 승리로 끝나길 바랐다.

아무리 문장을 다듬어도, 그 문장을 쓰게 만드는 사건이 빛나야 문장은 그것에 빛을 비추는 도구 역할을 할 수 있다. 문장은 사건에 빛을 비추는 도구, 그것만으로 충분하다. 나의 글이 그렇게 되길, 그리고 그의 삶이 그렇게 빛나길 어느새, 간절히, 바라고 있었다.

*

한편, 후일담이긴 하지만, 헤드가 증언한 공평수 초능력의 전말은 이러하다.

이번엔 때가 바야흐로, 일천구백구십사 년.

유례없는 폭염으로 대구에서는 노인들이 죽기까지 했다던 그해 여름, 제 발로 헤드를 찾아온 공평수의 얼굴에선 땀인지 눈물인지 알 수 없는 액체가 뺨을 타고 흘러내리고 있었다. 10년이면 강산도 변한다 했던가. 그 말을 증명이라도 할 요량인지 은퇴를 한 지 10년이 지난 공평수는 완전히 다른 사람이 되어 있었다. 가뜩이나 움푹 팬 눈이 이날따라 더 그래 보였는지, 헤드는 그날 지구상의 모든 절망이 공평수의 눈에 머물러 있다는 느낌을 받았다. 10년 전 오직 날쌘 주먹과 빠른 발만으로 세계를 제패했던 한 사나이는, 세계의 모든 이로부터 패배한 듯 서 있었다. 그때 그가 깨달은 바 있었으니, 자신의 승리는 오로지 링 위에만 머물러 있을 뿐, 링 아래에서는 오히려 철저한 패배자였다는 것이었다. 이때 공평수는 이미 자신의 이름을 내건 권투 교실과 이름과 실상이 달랐던 무도 교실, 그리고 역시 명목과 실상이 달랐던 휴먼 네트워크 사업(즉, 황실살롱 술상무)으로 생활의 노곤함을 겪은 후였다. 게다가 딸 연수가 태어나자 전 세계 챔피언이란 타이틀에 걸맞지 않게 방문 판매원과 지하철 외판원까지 했으니, 그의 입에선 마침내 이런 말이 나왔다.

─초능력자가 아니면 살아남을 수가 없어!

영문을 알 리 없는 헤드는 그저 공평수를 멀뚱하게 쳐다보기만 했다. 공평수는 다른 영혼이 임한 듯 다음과 같은 장광설을 쏟아 냈는데, 그날은 다름 아닌 공평수가 매미로부터 신령한 기운을 받았다고 주장하던 바로 그날이다.

─스무 살엔 챔피언만 되면 모든 것이 알아서 내 발앞에 다가올 줄 알았어. 그런데 막상 챔피언이 되고 나니까, 다가오는 건 아무것도 없었어. 가진 거라곤 사진기자들 앞에서 포즈를 취할 때나 쓸모 있는 챔피언 벨트가 고작이야. 그것도 도금이라고! 후배들을 길러 보려 했지만 제대로 안 됐고, 뭐 춤이야 말할 것도 없고. 아무튼, 몇 년동안 그런 시간을 보내다 문득 쓸쓸한 기분이 들어서 떠올려 보니, 그건 모두 내가 뭔가를 이루려 했기 때문이었더군.

이쯤에서 헤드는 공평수의 얼굴을 쳐다보았다.

─다 실패해 버렸단 말이야. 챔피언이 돼도, 방어전에

패배하면 실패한 복서야. 은퇴해서 후배들을 길러도, 후배들의 성적이 안 좋으면 실패한 스승이야. 춤을 춰 나 자신과 사람들을 즐겁게 해 주려 해도, 추악한 오해에 휩싸이면 그것 또한 실패한 인생이야. 결국, 평가에 따라 실패와 성공이 갈리는 거라고.

이내부터 헤드의 말이 빨라지기 시작했다.

— 그러니까, 우리는 평가에 목을 매고 평가에 울고 웃는 이상, 줄기차게 평가만 쫓아가게 돼. 그건 너무나 아슬아슬한 인생이라고. 나를 봐. 챔피언이지만, 한 번 진 걸로 영원한 패배자야. 게다가, 링 안에선 이겨 봤다고 쳐. 링 밖에선? 나는 완벽한 패배자야. 그건 모두 사람들이 오로지 승부에 집착하고, 결과만 기억하고, 땀 흘리는 과정을 소중히 여기지 않기 때문이야. 나는 그저 매일 땀 흘리며 훈련하고, 내가 뭔가를 위해 할 수 있다는 사실 자체가 좋았다고. 그뿐이야. 그런데, 지금은? 사람들은 나를 실패자로 기억해. 아니, 기억조차 못 해. 시간 탓이라고? 천만에. 그것보다 우리가 결과 위주, 성과 위주, 경력 위주의 가치관을 가지고 있기 때문이야. 그 때문에 우리 모두 각자의 능력을 기르고 있어. 물론 평범한 능력으론 살

아남지 못해. 그건 동화일 뿐이야. 현실에선 피땀 흘려 챔피언이 된 나조차, 무능력하기 그지없잖아. 결국, 능력의 세계는 끝이 없는 거야. 끝없는 자기 학대, 그래서 자신이 자기 삶의 주인인지 노예인지 알 수조차 없는 상태, 그걸 노력이라 포장하고, 극기라 부르지. 교묘한 밑 바꿔치기야. 그건 자신을 이기는 게 아니라, 자기 탐욕의 노예가 되는 거라고. 물론, 나도 그랬어. 하지만, 그래서 얻은 건 세월의 바람에 다 흩날리고 말았어. 이젠 안 그럴 거야. 할 수 있는 만큼만 할 거라고. 대신 내가 할 수 있는 것은 최선을 다할 거야. 하지만 내가 할 수 없는 것을 바라는 건 초능력이라고. 무슨 말인지 알겠어. 초능력이란 말이야. 초능력!

헤드의 입술이 놀라운 속도로 움직이고 있었다.

—근데, 끝없는 자기 학대로 세상의 사다리 위에 올라간 녀석들이 교묘하게 말하고 있어. 우리는 꿈을 위해 청춘을 투자했습니다. 가족의 행복을 위해 제 한 몸 희생했습니다. 지금도 내일의 꿈을 위해 오늘을 참고 있습니다. 고급 양복을 입은 녀석들이 은근한 미소로 이런 말을 해 대고 있으니, 당장 뭐라도 하지 않으면 인생이 무너질 것 같잖아.

말이 된다고 생각해? 실은 녀석들도 모르는 거야. 무서운 녀석들이지. 눈물 찍어 가며 그렇게 말하다 보니, 자기도 정말 그래 왔다고 믿어 버리는 거야. 자기 학살과 같은 단계를 거쳐 영혼이 죽어 버린 인간들은 겨우 허울만 살아 남아 있어. 영혼이 죽은 껍데기를 자기 자신이라고 착각하지. 물론 정체성 따윈 고민조차 못해. 사무실 조명에 눈부시게 반짝이는 구두, 빌딩 사이를 유유하게 미끄러지는 세단, 햇빛을 은근하게 반사시키는 양복, 그게 자신이라 생각하는 거야. 그래서 더욱 채찍질을 하지. 혹여나 소생할 만한 영혼이 남아 있다면, 그마저 사회적 존경과 성공이라는 묘약이 선사하는 취기에 사로잡혀 있어. 녀석들은 정말 믿고 있는 거야. 자기 학대가 아름다운 노력이라고. 그러니까 그들은 자신들의 가치를 더욱 전파하는 거지. 학생들은 더 나은 대학을 위해, 청년들은 더 나은 직장을 위해, 직장인은 더 높은 자리를 위해, 청춘들은 더 나은 배우자를 위해, 주부들은 더 넓은 집을 위해, 더욱 혹사하라고, 더욱 희생하라고. 물론, 운동선수는 연봉 인상과 메달을 위해. 나도 녀석들의 피해자였어. 물론, 녀석들의 첫 피해자는 자기 자신이지만 말이야.

　지금도 TV에서, 거리에서, 대학에서도 녀석들의 확성기는 계속 울리고 있어. 누군가 이 흐름을 깨지 않으면,

더욱 퍼질 거야. 그러니까, 특출한 능력을 가진 사람, 즉 초능력자들을 미치광이로 보이게 할 필요가 있어. 그들이 비정상이라는 걸 알려야 할 필요가 있다고. 내가 빠르지도 않고, 세상의 사다리를 잘 오르지 못한다 해도, 그게 보통이고, 정상이라는 것을, 아니 그게 도리이 소중하다는 것을 말해야겠어. 세상이 이대로 흘러가면 결국은 모두 초능력자가 되어야 해. 이게 미친 짓이라는 걸 누군가는 증명해 내야 해. 완벽한 미치광이가 초능력자의 말로가 어떤지 보여 줘야 한다고. 그래서 평범한 능력만으로도 의미 있게 살아갈 수 있고, 대수로운 인물들이 대수롭지 않다는 것을, 보잘것없는 시간들이 값지다는 것을……

"설마, 공평수 아저씨가 그런 말을 했단 말이에요?"

뭔가에 홀린 듯 끊임없이 말을 내뱉던 헤드는, 내 말에 잠시 흠칫했다. 그러더니 목을 가다듬고 대답했다.

"아, 그, 그게…… 평수는 원래 좀 횡설수설하는 경향이 있어서, 제가 저, 정리한 겁니다."

헤드는 독백처럼 길게 읊어 대는 동안 잠시 하대를 하긴 했지만, 이내 존댓말로 돌아왔다.

"그럼, 이런 요지의 말을 했다는 건가요?"

"아, 그, 그건…… 제가 평수의 말을 듣고, 추리를 한 겁니다."

"추리라니요?" "걱정 마십시오. 저의 추리는 그리니치 천문대보다 정확합니다. 매일 오전 5시, 11시, 오후 5시에 한 시간씩 셜록 홈즈를 읽습니다." "아, 아니, 그게 아니라." "염려 마십시오. 제 추리는 틀린 적이 한 번도 없습니다." "아니, 그게 아니라." "실은 유로화가 1500원을 넘을 거라는 것도 맞혔습……." 나는 말을 잽싸게 끊고 물었다. "평수 아저씨가 직접 말한 건 아니지요?" "이런 말을 하고 싶었을 겁니다. 정확히 그런 눈빛이었어요."

아뿔싸!

역시, 머리를 많이 맞은 사람 이야기를 끝까지 들은 내가 잘못이다.

라운드 12

경기장으로 가는 길엔 초겨울의 삭풍이 불어왔다. 12월 초밖에 되지 않았지만, 싸락눈이 허공에 흩날리고 있었다. 여린 눈발은 눈높이에서만 보일 뿐, 바닥에서는 보이지 않았다. 행인들의 발자국은 존재감이 약한 눈발이 바닥에 쌓일 틈을 주지 않았다. 각자의 발걸음마다 목적이 달랐고 분주했으므로, 눈은 보도블록에 닿자마자 잊혔다. 나는 공기 중에 휘날리는 눈발을 보며 '과연 저 눈이 쌓일 수 있을까, 과연 오늘 내리는 눈으로 세상의 풍경이 달라질 수 있을까' 하는 의문을 품고서 걸었다.

눈이 흩날리는 지하철역 계단을 내려가, 역내 가판대에서 스포츠 신문 한 부를 샀다. 1면에는 하와이로 전지

훈련을 떠난 서울 연고 프로야구 팀의 기사가 실려 있었고, 2면에는 프로 팀을 떠나 실업 팀의 지휘봉을 잡은 야구 감독의 기사가 있었다. 다음 장엔 결혼을 발표한 농구 선수가 신부를 양팔로 들어 올린 채 웃고 있었고, 그다음 장엔 허리 사이즈가 19인치라는 여가수가 산타 복장의 미니스커트 차림으로 허리를 꺾고 있었다. 그리고 여가수의 미니스커트 사진 아래, "죽어 가는 복싱, 다시 살릴 수 있을까?"라는 제목과 함께 공평수와 양정팔이 주먹을 견주는 사진이 실려 있었다.

공평수의 기이한 돌출 행동 탓인지, 아니면 나이를 초월한 그의 집념 탓인지, 펜과 카메라는 예의를 어기지 않는 행정가처럼 그의 시합을 향해 움직였다. 방송국에선 복싱 시합을 생중계하는 것이 거의 10년 만이라 했다. 경기 시간이 토요일 오후 7시여서, 공중파에선 주말 정규 방송을 포기하고 공평수의 시합을 중계할 리는 없다고 했다. 비록 케이블 방송이지만 인지도 있는 스포츠 전문 채널이고, 생방송으로 결정됐다는 것만으로도 상당한 조명을 받은 것이라고 했다. 나로서는 방송국의 프로그램 편성에 얽힌 정치·자본적 의도에 대해 알 수 없었으므로, 그저 그대로 받아들였다.

공평수의 기사를 거의 다 읽었을 즈음, 3호선은 동대

입구역에 도착했다. 나는 기사의 마지막 문장을 읽고 있었다. "기자의 질문에 공평수는 시합 중에도 초능력을 사용할 수 있으므로, 규정 위반만 아니라면 당연히 이길 수 있을 것이라 답했다." 그 문장을 읽고 지하철에서 내렸다. 장충체육관으로 가기 위해 역 밖으로 나가자, 지작나무 가지 위로 눈송이들이 소담하게 쌓여 있었다. 돔 형태의 원형 경기장에 쓰인 장충체육관이란 글자가 하얗게 날리는 눈발에 가려 흐릿하게 보였다. 옥수수와 번데기를 파는 좌판의 천막 위에, 노란 나트륨등 아래 소주잔을 기울이는 취객들의 포장마차 지붕 위에, 경기장에 들어가기 위해 길게 줄을 선 행렬의 어깨 위에, 눈이 쌓여 가고 있었다. 가로등 불빛 아래로 하얀 함박눈이 조명을 받으며 내리고 있었고, 포장마차의 연통과 좌판의 옥수수 찜통 위로 겨울의 김이 모락모락 피어나고 있었다. 어느새 세상의 풍경은 해가 저물어 가는 시기에 내린 빈약했던 눈으로 완전히 바뀌어 있었다.

*

하얗게 뒤덮인 경기장 밖의 세상은 냉기가 지배했지만,

실내로 들어서자 동공에도 수증기가 낄 만큼 후텁지근했다. 뜨거운 빛을 뿜어내는 조명과 분간할 수 없는 관중들의 아우성은 위압적으로 다가왔다. 경기장 밖은 온도가 차면서도 풍경은 따스했지만, 경기장 안은 온도가 뜨거우면서도 왠지 모를 현실적 냉기가 흘렀다. 천장에 매달린 모든 조명이 링 위의 한곳으로 떨어지고 있었다. 그 탓에 사각의 링은 멀리서 봐도 4월의 햇살을 뿜어내며 빛나는 강물처럼 보였다.

특설 링이 세워진 장충체육관은 이례적으로 만석이었다. 간만에 세인들을 한꺼번에 수용한 경기장은 노쇠한 노인처럼 숨을 가쁘게 내뱉었다. 낡은 체육관에 가득 찬 관중들은 이질적이었다. 이 많은 관중들을 수용하다가 체육관이 무너지는 게 아닌가 싶을 정도로 체육관은 늙어 있었다. 수많은 젊은 영혼들의 땀으로 살아온 이 체육관이 이 정도의 관중들을 만나는 것도 어쩌면 이번이 마지막일지도 모르겠다는 생각을 했다.

나는 왠지 그런 상념에 잠겨 경기장을 둘러보았다. 유년 시절 복싱의 추억이 그리웠던 중년 가장이 가족을 데려온 모습이 보였고, 복싱이라는 죽어 가는 종목에 호기심을 품고 온 젊은이들이 보였고, 공평수라는 인간에 대한 호기심으로 발걸음을 이끈 연령을 가늠할 수 없는 사람들이 보였다. 링 아래에는 사람들의 입맛에 맞는 이야기와 이미지를 생산해 낼 의지로 가득 찬 노트북과 카메라가 대기 중이었다. 모두들 어디 한번 해볼 테면 해보라는 식으로 호기롭게 자리하고 있었다. 노트북을 펼쳐 놓은 기자의 눈빛에는 무엇이든 평가하려는 직업적 관습과 무엇에든 시큰둥한 직업적 권태가 뒤섞여 있었다. 방송국의 ENG 카메라 삼각대는 기세 좋게 다리를 벌린 근위병처럼 딱 버티고 서 있었다. 레슬링과 함께 그리스·로마 시대 때부터 계승되어 왔지만, 이제 멸종 위기에 처한 이 위태로운 종목의 스포츠를 기록에 남겨 두고자 사람들은 연신 셔터를 눌러 댔다. 아직 선수들이 등장하지 않은 링 위엔 빛의 세례가 쏟아졌고, 그것은 연소되기 직전의 모닥불이 마지막에 환히 타는 것처럼 애처롭게 빛나고 있었다.

모두가 이 끝을 알 수 없는 축제 속에서 자신만의 방식으로 기념을 하고, 기록을 남기고 있었다. 단 한 명의 사람만이 팔짱을 낀 채 목을 좌우로 돌리며 목뼈와 근육을 풀고 있었다. 이 시합의 프로모터인 아버지였다. 눈이 마주치자 아버지는 턱짓으로 자신의 옆자리를 가리켰다. 그 자리는 비어 있었고, 나는 직감으로 그 자리가 내 것임을 알았다. 가장 앞자리였고, 동시에 한가운데여서 시합이 어떠한 방식으로 전개되더라도 무리 없이 볼 수 있는 위치였다. 나는 그 자리에 앉아 링 위의 네 군데 코너를 바라보았다. 한 번 올라가면 벗어날 수 없는 범위를 규정하는 코너를 보며, 잠시 동안 나는 과연 자신의 링 위에 제대로 선 적이 있었던가 생각해 보았다. 로프는 각자가 치러야 할 시합의 무대를 규정하고 있고, 그 무대에 오른 자는 제한된 조건 아래서 각자의 시합을 치러야 한다. 사각의 링과 조명, 규칙들. 문득 나는 다른 의미의 복싱을 하고 있다는 생각이 들었다. 그러자 어느샌가 발아래 수치의 안개가 차오르는 것이 느껴졌다. 그 수치는 끈끈하게 내 몸에 달라붙어, 결코 산뜻한 기분이 들지 않았다. 무슨 까닭이었을까. 근거는 찾을 수 없지만, 훗날 그것이 나를 완전히 씻어 낼 동인이 될지도 모르겠단 예감이 들었다. 광장에서 바람에 의해 크는 사람이 있다면, 작은 방 한편에서 몸을 웅크린 채 수치에 의해 크는 사람도 있을 거라고 생각했다.

갑자기 실내는 암흑 속에 빠졌고, 사람들은 함성을 쏟아 내기 시작했다. 경기장의 왼편에 핀 조명 하나가 빛의 길을 길게 드리웠다. 그 빛 가운데, 복싱 가운 후드를 뒤집어쓴 공평수가 고개를 숙이고 등장했다. 그의 등장에 맞춰, 에릭 클랩튼의 「체인지 더 월드」가 경기장 안에 울려 퍼졌다. 격전의 현장에 에릭 클랩튼의 노래는 어울릴 것 같지 않았지만, 아니 차라리 「레일라」라면 어떨까 싶었지만, 나는 어느 한 장면이 떠올랐다.

추도에서 우리는 섬 전체를 한 바퀴 뛰었고, 땀에 흠씬 젖어 있었다. 섬의 햇살은 유채꽃과 이름 모를 풀꽃들을 지상에 추락한 별처럼 빛나게 만들었고, 그 광경은 마치 은하수가 꽃의 형태로 빛나고 있는 게 아닌가 하는 착각에 빠지게 만들었다. 우리는 땀에 젖은 채 평상에 앉아 그 풍경을 물끄러미 바라보았고, 공평수는 가장자리가 녹슨 트랜지스터라디오를 켜서 그 침묵을 음악으로 바꾸어 놓았다. 성의 없는 듯하면서도 자연스러운 음성의 한 남자가 노래를 불렀다. 에릭 클랩튼의 「체인지 더 월드」였다. 공평수는 라디오의 안테나를 좀 더 길게 뽑더니 허공의 한 지점에 맞추고, 스피커에 귀를 갖다 댔다. 그러고선 땀에 젖은 이마에 주름을 만들어 가며 음의 흐름을 따라갔다.

"이게 무슨 소리지?"

"잡음 말이에요?"

"아니, 그거 말고. 노래도 아니고, 피아노도 아닌, 이 웅웅대는 소리 말이야. 기타는 아닌 것 같은데."

"아, 베이스예요. 엄밀히 말하자면 베이스 기타죠."

"그렇군. 베이스 기타."

그러더니 그는 스피커에 귀를 갖다 대고, 한동안 눈을 감은 채로 있었다. 4월의 섬 바람이 시원하게 불어왔고, 그의 젖은 이마는 어느덧 기분 좋게 말라 있었다.

"심장이 뛰어. 쿵쿵하면서 리듬 있는 이 소리 말이야."

그는 잠시 말을 쉬었다.

"이 소리를 들으니 심장이 뛰어. 링에 올라갈 때처럼. 살아 있다는 걸 확인시켜 주는데……."

하고선 눈을 감고 의식을 한곳으로 집중해 음악을 들었다. 나는 말끄러미 그를 바라보았다. 그의 눈이 잠시 열려 시선이 마주치자, 그는 문득 "고마워서……"라고 말했다. 그러고는 노래가 끝날 때까지 다시 눈을 감고서 세상과의 단절을 청했다. 노래가 끝나고 광고가 나오자 그는 명상을 방해받은 사람처럼 라디오를 꺼 버렸다. 4월의 바람이 불었고, 여전히 에릭 클랩튼의 노래와 베이스 기타의 진동이 공기를 흔들고 있었다.

나는 부엌에 가서 달력을 조금 찢어, 볼펜으로 '에릭 클랩튼의 「체인지 더 월드」'라고 한글로 써서 주었다.

장내 아나운서는 공평수를 초능력을 구사하는 괴력의 복서라고 소개했다. 공평수는 그에 보답하듯 글러브를 낀 채 매미의 날갯짓을 흉내 내고, 한 팔을 과장되게 흔들더니 그 손을 갸웃하게 기울인 귓가에 댔다. 수백 개의 입술이 일제히 함성을 쏟아 냈다. 몇몇은 '당신의 초능력을 보여 주세요'라는 플래카드를 흔들었다. 팔을 흔드는 공평수의 어깻죽지 아래엔 근육이 탄탄하게 붙어 있었다. 관중들의 함성을 유도하기 위해 옆구리를 살짝 숙였을 때엔 허릿살이 약간 접히긴 했지만, 53세의 나이라고는 믿기 어려울 정도의 탄탄한 몸이었다. 그의 복부 근육엔 추도의 땀이 새겨져 있었다. 양정팔은 고개를 한쪽으로 기울이고 시선을 내리깔며 보았다. 아버지는 서커스를 구경하는 단장처럼 여전히 팔짱을 낀 채 잠자코 지켜보았다. 선수 소개가 끝나고 공평수가 코너로 가자, 헤드가 공평수의 눈과 이마가 찢어지지 않도록 보호제를 발라 주었다.

보호제를 바른 공평수와 양정팔의 이마는 번들거렸고, 양정팔의 눈빛에는 호전적인 기세가 충만해 보였다. 공평수에게선 그런 눈빛을 찾을 수 없었다. 그는 그저 링 위에서 빛나는 조명과 로프, 관중, 그리고 자신이 낀 글러브를 한참 동안 번갈아 보았다. 아버지에게 눈인사를 했다. 아버지는 눈으로 신호를 보냈고, 공평수는 모든 것을 내려 놓은 듯 평온한 표정으로 서 있었다. 관중들은 웅웅대는 함성을 쏟아 냈고, 경기장을 바라보는 공평수의 시선은 교정을 떠나는 노교수의 눈빛처럼 그리움에 젖어 있었다.

양정팔은 가슴을 주먹으로 쾅쾅 쳤다. 공평수는 우두 커니 서 있다가, 스텝만 가볍게 밟았다. 여전히 경기장을 밝히고 있는 조명과 환하게 비치는 링을 젖은 눈으로 바라보았고, 관중들의 함성과 눈빛을, 먼 곳으로 떠나는 사람이 가슴속에 고향을 담아 두려는 듯한 자세로 듣고, 보았다.

*

경기 시작을 알리는 1회의 공이 울렸다. 양정팔은 동물적 본능으로 움직였다. 두 발은 오랜 세월 동안 먹이를 놓친 적이 없는 야수처럼 육감적으로 움직였다. 난타전이었다. 누가 챔피언이고 누가 도전자인지, 누가 50대이고 누가 20대인지 분간이 안 되는 주먹과 주먹의 교환이었다. 한차례의 거친 폭우가 서로의 얼굴을 때리며 지나갔다.

두 선수는 마침내 호흡을 가다듬고 이 시합이 격전임을 각자의 몸으로 확인했다.

공평수의 스텝과 가드를 올린 채 뛰는 자세는 흡사 아침 햇살을 받아 본능적으로 펜을 움직이는 작가의 손놀림 같았다. 기묘하게도 그의 동작에서 공격성이나 호전성은 뿜어 나오지 않았다. 양정팔은 잽을 세 번 뻗었으며, 공평수는 그 세 번의 잽을 그대로 맞았다. 공평수도 재빠르게 주먹을 뻗고, 허리를 움직였다. 고개를 뒤로 빼고, 잽과 훅을 번갈아 날렸다. 양정팔의 머리가 공평수의 주먹에 맞아 뒤로 몇 번이고 꺾이었다. 공평수의 훅이 옆구리를 공략하자, 양정팔의 상체가 허공으로 떠올랐다 떨어졌다. 때리는 공평수와 맞는 양정팔의 땀이 링의 허공에 날리고, 링의 바닥에 떨어졌다. 공평수는 리드미컬하게 허리를 움직이며 빠르게 잽을 뻗었다. 그가 움직일 때마다 조명은 그의 근육 위에서 잔잔하게 부서졌다. 그 움직임은 경이로운 곡선을 만들어 내는 예술가의 움직임처럼 우아하면서도, 굶주림에 뛰어다니는 사자의 등 근육처럼 육감적이었다.

우아하면서도 틈을 주지 않는 공평수의 훅에 양정팔의 상체가 무너졌다. 공평수는 그 기회를 놓치지 않고 소나기 같은 주먹을 양정팔의 몸에 쏟아 부었다. 50대 노장에게 흠씬 두드려 맞은 양정팔은 코너에 몰린 채, 공평수를 얼싸안았다. 심판의 제지로 두 사람은 가까스로 떨어졌다. 그 와중에도 공평수는 짧은 팔로 양정팔의 옆구리를 계속 때렸다.

양정팔은 혼이 빠져나간 표정이었다. 관중들 역시 멍해진 분위기였다. 경기장 안의 모든 동공이 공평수의 분투에 확장되었다. 경기장에는 침묵의 공기가 가득 찼다. 관중석에서 어떤 소리도 새어 나오지 않았고, 나 역시 아무 소리도 낼 수 없었다. 난방기마저 압도됐는지 숨을 죽이고 있었다.

들리는 것은 오로지 두 남자의 주먹과 육체가 부딪치는 소리, 마우스피스를 문 그들의 입에서 새어 나오는 짧은 신음뿐이었다. 음악도 없고, 해설도 없고, 환호도 없었다. 선수들의 숨소리와, 주먹이 서로의 몸에 도달하는 소리만 과장되게 들렸다. 땀방울이 떨어지는 소리마저 들릴 것 같았다. 그 침묵 같은 육감적 소리와 관중의 정적을 깬 것은 공이었다. 공이 울리자 공평수는 관중들을 보며 제자리에서 360도 점프를 했다.

그제야 관중들의 탄성이 핵폭발처럼 터져 나왔다. 경기장은 용광로처럼 소리의 향연으로 금세 뜨거워졌다.

경기가 시작한 지 3분이 지났다. 그러나 경기는 마치

오랫동안 타오른 도가니처럼 뜨겁게 끓어올랐다. 양정팔은 마우스피스를 빼고, 물로 입을 헹구며 공평수를 응시했다. 공평수는 개의치 않는다는 듯 목 근육을 좌우로 풀며, 경기장 주변을 하나씩 눈 속에 담았다. 그는 1분의 휴식 시간 동안 눈을 감아도 잔상이 남을 정도로 빛나는 조명, 환호성으로 넘실대는 관중석, 체육관 벽에 걸린 자신과 양정팔의 대형 브로마이드, 링 위에 떨어져 반짝이는 땀방울, 그리고 관중들의 눈동자를 보았다.

2회의 시작을 알리는 공이 울렸을 때, 공평수는 눈을 감고 입은 다문 채 경기장의 공기를 깊이 들이마셨다. 조금 전까지 로마 검투사처럼 생을 걸고 싸웠던 사람과, 체육관의 풍경들을 아스라이 바라보며 그 공기마저 소중하게 들이마시는 사람이 과연 같은 사람인가 의심이 들 정도였다.

2회가 되자, 이상하게도 공평수는 누군가에 의해 힘이 쏙 뽑혀 버린 사람처럼 맥없이 맞기 시작했다. 양정팔은 마치 샌드백을 때리듯이 무력해진 공평수를 향해 펀치를 날렸다. 스피드 볼을 때리듯 잽을 연타로 날렸고, 그 팔은 기세 좋게, 빠르게 움직였다. 옆구리로 훅을 날리는 양정팔의 동작 속에 공평수는 자동차 조수석의 강아지 인형처럼 흔들렸다. 마치 약속된 안무처럼 양정팔이 크게 팔을 휘둘렀고, 공평수는 크게 휘둘렀다. 주먹을 뻗더라도 양정팔의 주먹은 누군가가 당겨 주는 것처럼 지치지 않고 나갔지만, 공평수는 물속에 빠진 사람처럼 무겁기만 했다. 2회전의 공평수는 1회전의 그와 너무나 달라, 그는 잠시 다른 세상에 떨어진 사람처럼 보이기까지 했다.

그런 모습에 아버지도 헤드도 공평수 자신도 당황하지 않았다. 공평수는 부두에서 하역을 하는 노동자처럼 관습적으로 맞았고, 아버지와 헤드도 그 모습을 담담하게 바라보고 있었다.

공평수는 1회에 자신의 모든 힘을 소진한 사람마냥 양정팔에게 끊임없이 잽을 허용당하고, 혹을 강타당했다. 2회의 양정팔은 자신이 한 회에 내두를 수 있는 주먹이 어느 정도인지 시험해 보는 사람 같았다. 반면, 2회의 공평수는 링 위에 선 목적이 승부가 아니라 맞아도 쓰러지지만은 않겠다고 결심한 사람 같았다. 어쩐지 그런 인상을 주는 라운드였다.

2회는 끝이 났다. 체육관의 조명이 빛나고 있었다.

3회가 시작되었다.

공평수가 쓰러졌다. 공평수는 일어났고, 다시 싸우다 3회가 끝이 났다.

체육관의 조명이 여전히 빛나고 있었다.

4회가 시작되었다.

공평수가 다시 쓰러졌다. 공평수는 가까스로 일어났고, 다시 싸우다 4회가 끝이 났다.

체육관의 빛이 흔들리기 시작했다.

5회가 시작되었다.

공평수는 다시 쓰러졌다. 공평수는 더 이상 일어서기 어려운 듯 머리를 링의 바닥에 박은 채 신체에 남아 있는 모든 힘을 짜내 정말이지 가까스로 일어났다. 그리고 5회는 이내 끝이 났다.

체육관의 빛과 사람들의 눈빛이 흔들거렸다. 나의 눈도, 내가 보는 풍경도, 흔들거렸다.

6회가 시작되었다.

양정팔이 다운되었다. 6회가 끝이 났다.

체육관 안의 불빛은, 관중들은, 나의 손끝은, 흔들리고 있었다.

7회가 시작되었고, 양정팔이 다운되었고, 공평수는 때리다가 쓰러졌다. 나는 움직일 수 없었다. 경기장의 조명은 둘의 땀방울 위에서 애잔하게 빛을 뿜고 있었다.

8회가 시작되었다.

공평수는 다시 살아난 듯 치열하게 반격했다. 치열하다는 말 외에 그 어떤 말도 어울리지 않을 정도로 정말이지

치열하게 주먹을 날렸다. 좌우로 상체를 흔들었고, 가드 자세를 놓치지 않았고, 위빙을 반복했다. 모든 것에 기본을 놓치지 않는, 말 그대로 노장은 어떻게 탄생하는지를 보여 주는 교본 같았다. 어느 누구도 다운되지 않았고, 경기장 안의 모든 불빛과 눈빛이 이 둘의 움직임에 따라 움직였다.

9회가 시작되었다. 양정팔이 다운되었다. 공평수는 팔을 아래로 쭉 뻗은 채 춤을 추며 양정팔을 도발했다. 왼팔로 잽을 날리고, 오른팔을 빙빙빙 돌렸다. 양정팔은 지친 표정으로 공평수의 오른팔을 바라보았다. 양정팔의 몸은 더 이상 움직이지 않았다.

10회가 시작되었고, 경기장 안의 관중들도 경기를 보는 것에 지친 듯했다. 당연히 두 선수는 이미 오래전에 지쳐 있었다. 경기장의 불빛도 졸린 듯 깜빡거렸다.

11회가 시작됐다. 공평수는 다리에 힘이 풀린 듯 무력하게 쓰러져 버렸다. 사람들이 휘파람을 불었고, 공평수는 일어났다. 다섯 번째 다운이었다. 한 시합에 다섯 번을 쓰러진 건 자신의 복싱 인생 중 유일한 경험이었다. 11회가 끝이 났다.

마지막 라운드를 남겨 놓은 경기장의 조명은 모든 에너지를 쥐어짜듯 다시 화려한 불빛을 뿜어냈다. 관중들은 마지막 함성에 목청이 낼 수 있는 모든 소리를 담아냈다.

의자에 앉은 공평수의 몸은 땀이 줄줄 흘러 흠뻑 젖어 있었고, 머리 위로는 증기가 새어 나오고 있었다. 그는 그 와중에 갑자기 마우스피스를 빼고 내게 말을 했다.

"조카. 난 끝까지 버텼어. 난 포기하지 않았어. 알지? 그렇게 써야 해. 꼭!"

"그런 말을 왜 지금 하는 거예요?"

다급히 물었지만, 공이 울렸다.

12회가 시작되었다. 공평수는 가드 자세를 취했다. 그러나 스텝을 뒤로 빼거나, 위빙을 하여 허리를 좌우로 재빠르게 움직이며 피하지 않았다. 양정팔의 주먹을 상대로 자신의 맷집을 시험해 보는 사람처럼 시합에 임했다. 그리고 과연 두 발이 언제까지 자신의 힘으로 서 있을 수 있는지 시험해 보는 사람 같았다. 피하지 않았다. 때리면 맞받아 때리며, 한 스텝도 물러서지 않았다. 머리를 때려도 피하지 않았고, 더 이상 가드 자세를 취하지도 않았다. 힘이 빠졌다면 힘이 빠졌다 할 수 있지만, 보호할 의지가 없다면 의지가 없다고 할 수도 있었다. 신체의 모든 수분을 땀으로 빼내고, 마지막 남은 에너지를 모두 소진하려는 사람 같았다. 이미 승패는 중요치 않았다.

공평수는 어쩌면 자신이 질 수밖에 없다는 것을 알고 있었는지도 모르겠다. 그러므로 그가 할 수 있는 것은 어떤 측면에서는 오로지 부끄럽지 않게 지는 것, 그것 하나뿐이었는지도 모르겠다.

사람들은 그런 그에게 노장의 투혼, 재기의 신, 기적을 쓴 사나이 등의 기사를 쏟아 내고, 환호하고 격려했다. 그러나 그는 그 찬사를 받을 수 없었다.

그는 무덤에서 고요히 자고 있었기 때문이다.

*

공평수는 시합 종료 1분을 남기고 다운을 당했다. 열 번의 카운트가 세어졌고, 그 뒤로도 영원히 일어나지 않았다.

*

"난 끝까지 버텼어. 난 포기하지 않았어. 알지? 꼭 그렇게 써야 해."

그가 내게 건넨 마지막 말이있다. 나는 그렇게 쓰지 못했다.

그건 내가 공평수의 자서전을 쓰지 않기로 결심했기 때문이다.

그는 이미 자신의 삶으로 자신의 존재를 입증했으므로, 젊은 날에 획득한 챔피언 벨트가 승리로, 아니 어떤 승리보다 더욱 값진 패배로 아직 녹슬지 않았다는 것을 증명해 냈으므로,

나는 그의 자서전을 쓰지 않기로 했다.

대신에 나는 소설을 썼다.

재기전

再起戰

장례식장에는 편육과 송편, 전 그리고 생수병과 맥주
병이 가지런히 놓여 있었다. 도우미 아주머니들은 오후 9
시가 되자 퇴근을 하며 "이거, 미안해서 어쩌나. 상주한테
이런 걸 다 맡기고······" 하면서, 전혀 미안하지 않은 표
정으로 말했다. 직업적 관습 때문인지, 육개장이 별로 없
으니 조문객들에게 육개장을 조금씩만 떠 주라고 당부했
다. 나는 그러겠다고 간단히 답했다. 사람들이 떠난 장례
식장에 앉아 몇 시간 전에 따 놓았던 병맥주를 종이컵에
따라 부었다. 거품이 일지 않는 미지근한 맥주를 마시며
손님들이 남겨 놓은 말린 문어를 씹어 먹었다.

장례식장의 건조한 공기에 수분을 모두 뺏겨 버린 문어는 맛있었다. 눈물이 날 만큼 맛있었다. 나는 우악스레 움직이는 광대뼈 위를 타고 내리는 뜨끈한 액체와, 인중을 타고 내리는 끈적끈적한 액체와 함께 마른 문어를 먹어 치웠다. 왠지 장례식장의 형광등이 경기장의 조명처럼 애잔하게 반짝거렸다.

밤 12시쯤 지친 표정의 남자 한 명이 찾아왔다. 조용히 신발을 벗고, 방명록에 이름을 적고, 영정에 헌화를 하고, 묵념을 하고, 나와 맞절을 했다. 나는 그가 식사를 하지 않을 걸 알았지만, 전과 편육과 송편을 차려 주었고, 육개장을 뜨다가 아주머니의 말이 생각나 일회용 플라스틱 그릇에 조금만 떠서 내주었다. 그리고 새 맥주를 한 병 가져와 병뚜껑을 따고 종이컵에 따라 주었다. 그는 말없이 두 손으로 잔을 받았다. 종이컵의 맥주가 요란한 소리를 내며 거품을 일으키더니, 넘칠 듯한 거품은 언제 그랬느냐는 듯 이내 사라져 버렸다. 거품이 공기 중으로 흩어지고 노란 맥주의 앙상한 실체만 남았을 때, 남자는 입을 열었다.

"이제 와서 말씀드려 죄송하지만, 고인의 간곡한 부탁이 있어서 말씀드리지 못했습니다. 저는 고인이 출연했던 방송 프로그램 PD입니다."

나는 그에게 목례로 답했고, 우리는 맥주를 한 잔씩 마셨다.

그는 맥주를 꿀걱 삼키더니 하던 말을 이었다.

"챔피언은 뇌종양을 앓고 있었습니다."

나는 마시던 잔을 내려놓고 그를 보았다.

"처음에 초능력 이야기를 하기에 혹시나 싶어서, 제작진은 종합병원에 방문하여 고인에게 뇌 검사를 받아 보게 했습니다. 그때 뇌 속에 주먹 한 개만 한 종양이 발견됐습니다. 물론 수술을 하기에도 버거운 시기였지만, 고인은 수술을 거부했습니다. 흔한 말이지만, 의사는 그런 종양을 가지고 그 정도로 살 수 있다는 게 기적이라고 하더군요."

"그 정도라는 건?"

"초능력 운운하는 정도 말이죠"라며 남자는 차분히 말했다. 나는 맥주를 한 잔 더 따라 주었고, 남자는 따라 준 맥주를 한숨에 비워 냈다.

"제게 말하더군요. 계획이 있다고. 재기할 거라고 말이죠. 그리고 만약 죽어야 한다면, 자신이 가장 아름답고, 가장 삶에 충일했던 시기로 돌아가 죽고 싶다고 말이죠. 신기한 건 다시 복싱을 하겠다는 사람에게 호전성이 전혀 없었다는 겁니다. 뇌종양은 사람의 공격성을 떨어뜨린다고 하더군요. 그런 사람이 복싱을 하겠다는 것이 저로서는 이해가 되지 않았습니다."

나는 맥주를 마시려 했으나, 잔에는 노란 맥주 몇 방울만 남아 있었다. 병은 밑동까지 비어 버린 상태를 형광등 조명에 노출시킨 채 애처로이 서 있었다. 나는 뜨끈히 고인 침을 삼키며 그의 눈을 보았다.

"저는 동의했습니다. 그러자고 했죠. 죄송합니다. 어쩌면 저희는 고인의 죽음에 동의를 한 겁니다."

남자는 고개를 숙인 채 한참을 움직이지 않았다.

나는 그에게 아무런 말도 하지 않았다.

*

한 가지 알게 된 사실이 있었다. 녹화하던 날 스튜디오에서 개미들이 일제히 이동한 이유였다. PD도 개미들의 이동이 신기해 녹화가 끝나자마자 유리병을 잡아 보았다고 했다. 그런데 궁금한 나머지 급하게 쥐었다가 하마터면 화상을 입을 뻔했다. 개미들이 작아서 보이지 않을까 봐 스튜디오 조명을 유리병 쪽으로 과하게 고정한 탓인지, 병은 한여름의 아스팔트처럼 뜨거웠다. 조명에 노출

된 한쪽 지점이 유독 뜨거웠다. PD는 아마도 우두머리 격인 개미가 뜨거움을 참지 못해 이동하니까, 모두 따라 움직인 것 같다고 했다. 남자는 그렇게 말하고 몸에 밴 미소를 과하지도, 덜하지도 않게 남기고 떠났다. 나는 별다른 대답을 하지 않았다. 다만, 그것이 단지 조명 때문이었을까, 이런 생각을 했다. 어쩌면 평범한 인간의 능력으로만 살아야 했던 공평수에게 하늘이 잠시 선물을 준 게 아닐까. 물론 과학적인 사고는 아니지만, 어쩐지 그렇게 믿고 싶었다. 그리고 그렇게 받아들인 채 살아가는 게 더 나은 사고방식일지 모르겠단 느낌도 들었다.

또 한 가지 알게 된 사실은 이 모든 일에 아버지가 개입돼 있었다는 것이다.

아버지는 도박 사업을 하고 있었다. 일본에 서버를 둔 사설 도박 사이트였다. 클럽에서 행해지는 격투기 시합은 물론, 공식적인 복싱 경기에도 사람들은 배당을 걸고 도박을 했다. 양정팔은 줄곧 져 왔기 때문에 그가 이길 경우, 배당률은 상당히 높았다. 그토록 파괴력을 지닌 선수가 왜 줄곧 알 수 없는 패배의 길을 걸어왔는지 그제야 이해되었다. 조작된 인생에 개입된 조작된 시합이었다. 양정팔은 빅 매치를 위해 일부러 줄곧 져 왔고, 아버지는 양정팔을 후원하는 실세였다. 물론, 양정팔의 빅 매치는 공평수와의 시합이었다.

삼촌도 그 사실을 알고 있었을까. 자신이 죽을 거라는 것을, 자신이 져야 한다는 것을. 그렇기 때문에 그는 끝까지 포기하지 않고 버티고 버티려 했던 걸까. 그것이 자신을 보살펴 준 사람에게 보답하는 길이라 생각했을까. 그런 생각을 하니 나는 한없이 애처로운 기분에 젖고 말았다.

"어차피 언젠가는 질 수밖에 없는 게임이야. 어떻게 지느냐? 그래, 중요해. 사람들은 어쩌면 그걸 내 마지막 모습으로 기억할지도 모르지. 하지만 그 모습이 근사하지 않더라도, 초라하더라도, 보잘것없더라도, 상관없어. 헐렁한 트렁크스, 조명, 땀 냄새, 훈련, 실패로 터득한 내 스텝, 그걸 기다리는 링. 그것만으로 충분해. 이 위에 있을 때, 나는 필요한 사람이라는 게 느껴지거든."

그의 말이 내 안에서 울리고 있었다. 그리고 그가 링에 다시 서고 싶었던 것처럼, 나도 쓰고 싶어졌다. 그가 근사함이나 초라함에 상관없이 서고 싶었던 것처럼, 나도 그렇게 쓰고 싶어졌다. 그걸로 충분했다. 부끄러운 고백에 언젠가 나 자신이 패배할지라도, 쓴다는 사실, 그것만으로 충분했다.

그는 링에서 쓰러졌다. 나는 더 이상 그의 이야기를 쓰지 않는다. 나의 챔프, 비열하고 야비하다고 평가받았던 공평수를, 그러나 누구보다 열망으로 들끓었던 내 인생의 챔프 공평수를, 삶의 링에서 또 쓰러지게 하고 싶진 않았다. 쓰러져야 한다면 그 대상은 나 자신이어야 했다. 숨기고 싶었던 과거의 나를 온전히 드러내고 깨끗이 시작해야 한다. 챔프 공평수가 목숨을 걸고 링에 올랐듯이 말이다.

고시원에 돌아오니 그의 닳은 복싱 슈즈가 책상 위에서 초라한 등불을 받아 반짝이고 있었다.
그의 닳은 슈즈가 무척이나 부러워 보였다. 그 슈즈를 보니 왠지 눈물이 날 것 같았다.

*

다시 추도로 내려왔다. 공평수가 그랬던 것처럼 오전 6시면 눈을 떴다. 달렸다. 나의 삼촌이자, 전 세계 챔피언이자, 불굴의 의지를 가진 영원한 챔피언 공평수가 달렸던 길을, 다시, 함께 달렸다. 달릴 때면 언제나 혼자였지만, 언제나 함께라는 기분이 들었다. 달릴 때면 언제나 땀을 흘렸고, 간혹 눈물을 흘리기도 했다. 나의 신체는 때로는 염분 섞인 땀으로, 때로는 염분이 적은 눈물로 수분을 배출했다. 배출한 것이 나의 의지인지, 감정인지, 극복하려는 감정과 의지의 배합물인지 나로서도 헷갈렸다. 아니, 중요하지 않았다.

아름다운 여름이었다. 초록의 잎들이 그 색을 찬란하게 빛내고 있었고, 햇살은 언제나 내 등을 따사롭게 보듬어주었다. 달릴 때면 어느샌가 공평수의 숨소리가 들렸다. 복서니까, 언제나 규칙적으로 숨을 뱉어야 한다며 '훅, 훅, 훅후훅' 하며 내뱉던 소리가 들렸다. 그 소리가 매일 들린다는 게 신기하게 느껴지던 어느 날, 깨달았다. 그 소리는 내 안에서 나오는 소리였다. 내 신체는 땀과 눈물과 호흡을 내뱉으며, 공평수를 기억하고 있었다.

그는 자신의 삶으로 자신의 자서전을 썼다. 이미 그는 아름다운 인생을 완성했으므로. 그의 삶은 이미 하나의 완벽한 경기가 되었으므로. 나의 서투른 문장으로 그가 이뤄 낸 삶의 색채를 한정할 수 없었다.

내 소설은 공모전에 탈락했다. 변명일진 모르겠지만,

그런 것은 중요치 않게 되었다.

공평수가 그랬듯 승부를 최종적으로 받아들이는 자는 세상이 아니라, 자기 자신이다. 세상이 이겼다고 하더라도, 자신이 인정할 수 없는 승리는 진 시합이다. 세상이 패했다고 하더라도, 자신이 목표한 수준에 도달한 경기는 이긴 경기고, 이긴 삶이다. 공평수의 마지막 경기는 결국 세상엔 패배로 기록되었다. 하지만 그 경기는 내게 있어 가장 값진 패배이자, 결코 잊을 수 없는 승리다. 나 역시 세상의 판정에서 한 걸음 떨어져서 나의 삶을 기록하고, 보존할 것이다. 중요한 것은 내가 설정한 목표에, 그것이 비록 비루하고 보잘것없는 것이라 할지라도, 자신에게 부끄럽지 않게 하루 더 다가섰느냐는 것이다.

달렸다. 땀이 났다. 눈물이 났다. 물을, 마셨다. 다시 노트북을 열어 퇴고를 시작했다.

너절해져도 찢어지진 않는다.

그가, 미치광이이자, 매미 애호가이자, 영원한 나의 챔피언이 그랬던 것처럼.

작가의 말

지금에서야 말하지만, "오늘의 작가가 되기까지 삼성 그룹의 이건희 회장님께서 사회 공헌 차원에서 남몰래 매달 제 통장에 300만 원씩 입금해 주셨습니다"라는 훈훈한 미담이 있었다면 좋겠지만, 그럴 리가!

나는 철저하게 추락해 있었고, 곧 임종을 맞이할 물고기가 바닥에서 파닥거리는 심정으로 파닥거렸다. 때는 바야흐로 8월, 장소는 하필이면 아스팔트였으므로, 뜨거워서 살아남아야겠다는 심정으로 정말이지 '파닥, 파닥, 파다닥'거렸다. 파닥거리는 시절에 누군가 파닭이라도 사 줬으면 좋았겠지만, 당연히 그런 사람은 없었고, 어쩔 수 없는 심정으로 나는 소설을 쓰기 시작했다.

'어. 어. 이거 왠지 이 소설의 도입부와 비슷한데'라는 생각이 들었다면, 그렇다. 이 소설은 어떤 의미에서 자전적 소설이라 할 수 있다. 그것은 마치 피츠제럴드의 『위대한 개츠비』와 하루키의 『상실의 시대』가 자전적 소설이라 함과 같은 맥락이다(라고 말하면서 나는 슬그머니 이들의 권위에 기대고 있다. 나는 줄곧 이런 식으로 살아왔고, 이것이 신인 작가의 자세다). 아무튼, 뜨거운 8월의 아스팔트 위에서 파닭 한 번 먹지 못하고 닭처럼 익어 가던 시절, 나는 하늘의 별처럼 내게 쏟아진 시간을 견뎌내기 위해 소설을 썼다. 당시의 내가 할 수 있는 일이라고는 오로지 글을 쓰는 것밖에 없었다.

따라서 나는 이 소설이 내 정신적 자위의 결과물이라는 것을 인정한다. 그런 점에서 그저 나를 위로하기 위해 쓴 소설이 출판되어 당신의 시간과 금전을 쓰게 했다는 점에 깊이 사과드린다. (더한 사과라도 드릴 테니, 악평은 부디 블로그에 비공개로 쓰시기 바랍니다. 아니면, 제 사진을 과녁 삼아 다트를 던지셔도 좋습니다. 그러한 용도로 겉표지에 제 사진이 친절하게도 인쇄돼 있습니다.)

아울러, 내가 하려고 했던 말을 단지 먼저 태어났다는 이유만으로 찰리 채플린이 미리 해 버려 꽤 유감이지만 — 그래서 어쩔 수 없이 '인용'을 하자면 — "삶은 가까이서 보면 비극이지만, 멀리서 보면 희극이다." 추락해서 파닥거리던 시절에는 그것이 비극이었지만, 일기를 쓰는 심정으로 아무런 목적과 이유 없이 하나의 이야기로 쓰고 나니, 그것은 희극이 되었다.

글을 쓰는 동안 내가 생각했던 점은 단 하나였다. 상황이 아무리 질퍽할지라도 웃음을 잃지 말자. 건강을 잃고 친구를 잃고 연인을 잃고 가족을 잃을 수도 있겠지만, 웃음을 잃지는 말자. 삶은 어차피 고통과 동행하는 것이며, 그 과정에 웃음을 잃는다면 생 자체를 잃는 것이다. 나는 이렇게 생각했다. 결국, 웃음을 망각하지 않기 위해 이 글을 썼고, 이제 그때의 비극은 추억이란 옷을 입은 희극이 되었다. 아울러, 내 비극이 희극이 될 수 있도록 (밥과 술은 안 사 주었지만) 함께 공기를 마시고 기타를 튕겨 주었던 6 · 70년대 지방 캠퍼스 록 밴드 '시와 바람' 멤버들에게 감사의 말씀을 전한다.* 그리고 보잘것없는 삼류 작가를 위해 기도해 준 친지 · 가족, 친구들, 2년 동안 집필할

---

* 혹시 기회가 된다면, 시대의 암흑에 뒤덮여 빛을 발하지 못하는 희대의 명반 '시와 바람'의 「난봉꾼」을 꼭 청취 · 구입 · 전파하기 바란다. 이미 많은 이들이 뜨거운 눈물을 흘리며 감동을 맛보았다.

공간을 제공해 준 '커피 발전소' 성준모 사장님, "은퇴는 개뿔, 데뷔한 줄도 아무도 모르는데!"라며 따끔한 충고와 함께 따끈한 밥과 잠자리를 제공해 준 제주 민박집 '빌레트의 부엌' 김태희 사장님께 감사한 마음을 현금 대신 말로 때운다.

이들 중 한 명이라도 없었다면, 나의 비극은 여전히 비극으로 남아 있을 것이다. 그리고 정말이지 이 보잘것없는 소설과 작가의 말까지 읽어 주신 당신에게 진심으로 감사의 마음을 전한다. (그러니 악평은 부디 블로그에 비공개로 쓰시기 바란다.)

한 가지 당부하자면, 앞으로도 저의 에세이와 소설을 꾸준히 사 주시기 바랍니다. 여러분의 헌신적인 구매가 없다면, 저 같은 신인 작가는 먹고살기 힘듭니다. (나는 왜 비굴하게 하필 여기서만 존댓말을 쓰는가! 다시 말하자면 이것이 신인 작가의 자세다!) (기왕 시작한 거, 계속하자면) 선생님의 유니세프 같은 동정심이 죽어 가는 한 신인 작가의 생명을 연장시킵니다. 어느 날 문득 세상이 혐오스럽게 느껴지더라도, 부디 저에 대한 동정심만은 계속 유지해 주십시오. 저도 어딘가에 추락해 있을지 모를 당신을 위해 꾸준히 글을 쓰겠습니다.

끝으로 만약 당신이 지금 비극을 겪고 있다면, 그 비극이 진심으로 희극이 되길 바란다. 나는 생이란 그래야 한다고 애타게 믿고 있다.

2012년 가을

마포의 변방에서 최민석

최민석

1970년대에 동해안 해안 도시에서 태어났다. 북부유치원에 입학한 후 몇몇 학교를 전전하며 수학하다, "천재는 교육받지 않을수록 빛이 난다"는 깨달음을 얻고 난 후 기나긴 학업 생활을 후회했으나, 이미 늦은 후였다.

자본주의 체제 내에서 이익만 추구하는 삶에 회의를 느껴 국제 구호 기관에서 근무하다, 설국 "인간은 본능이 시키는 일을 해야 한다"는 깨달음을 얻고 작가가 되기로 결정했으나, 이미 인생의 3분의 1을 허비한 후였다. 뒤늦은 출발에 신께서도 처지가 딱해 보였는지 소설가로 데뷔하게끔 작가의 문을 열어 주었으나, 활짝 열어 준 것은 아니었으니 여생 동안 나머지 문틈을 스스로 열기 위해 매일 펜대를 굴리고 있다.

2010년 단편소설 「시티투어버스를 탈취하라」로 창비신인소설상을 받으며 등단했고, 2012년 장편소설 『능력자』로 제36회 〈오늘의 작가상〉을 받았다. 지은 책으로 정통 에세이 『청춘, 방황, 좌절, 그리고 눈물의 대서사시』가 있다.

능력자

최민석 장편소설

1판 1쇄 펴냄 2012년 10월 30일
1판 5쇄 펴냄 2017년 12월 22일

지은이 | 최민석
발행인 | 박근섭·박상준
펴낸곳 | (주)민음사

출판등록 | 1966. 5. 19. 제16-490호.
주소 | 서울특별시 강남구 도산대로1길 62(신사동) 강남출판문화센터 5층 (우편번호 06027)
대표전화 | 515-2000 | 팩시밀리 | 515-2007
홈페이지 | www.minumsa.com

ⓒ 최민석, 2012. Printed in Seoul, Korea

ISBN 978-89-374-8608-1 (03810)